YOUNG AGE小說鮮視界！

YA!

青春滿點！活力滿載！好看滿分！

妖怪公寓

妖怪アパートの幽雅な日常

5

香月日輪
佐藤三千彦◎圖　紅色◎譯

歡迎光臨 妖怪公寓

房客介紹

妖怪公寓（又稱「壽莊」）：

是一棟看起來非常古舊、彷彿隨時會倒的老房子。在這棟房子的結界內，原本看不見的東西會變得比較容易看見，原本摸不到的東西也會因此而摸得到。好幾層次元在此重疊、交錯，也因此，這裡變成了附近所有妖怪的「社區活動中心」！

房東先生：

長得像顆特大號的蛋，矮胖的身體上有一對細小的眼睛。烏黑的身上穿著白色和服、纏著紫色腰帶。而那小得不能再小的可愛雙手上，抓著寫有租金的大帳簿。

【一〇一號房】麻里子：

性感的美女幽靈，有著大大的眼睛、可愛的鼻子，身材好得讓人噴鼻血！但因死了太久，常忘記自己是女人，全身光溜溜地走來走去。

【一〇二號房】一色黎明：

人類。他是詩人兼童話作家，作品風格怪誕，夕士是他的頭號粉絲。他有一張有點痴呆、像小孩的塗鴉般簡單的臉。

【一〇三號房】深瀨明：

人類。他是畫家，養了一隻大狗西格。他常常全身上下裹著皮衣、皮褲，騎重型機車，以打架為消遣……不管怎麼看，實在都像個暴走族。

【二〇二號房】稻葉夕士：

人類，条東商校的學生，將升上二年級。國一時爸媽車禍過世，變成孤兒的他個性也變得很壓抑。原本因貪便宜而住進「妖怪公寓」，結果從此卻愛上了這裡。

【二〇三號房】龍先生（總算回來了）：

人類，是莫測高深的靈能力者，妖怪見了就怕。他看起來永遠都是二十四、五歲，身材修長，一頭飄逸長髮束在身後，是個非常有型的謎樣美男子。

【二〇四號房】久賀秋音：

人類，鷹之台高校的學生，將升三年級，兼當修行中的除靈師。個性活潑開朗，食量奇大無比！看起來是個普通的美少女，但是兩三下就能把妖怪清潔溜溜。

【二〇八號房】佐藤先生：

妖怪，在一家大型化妝品公司工作了二十年，誇口自己在女職員之間人氣NO.1！

【二〇九號房】山田先生：

妖怪，負責照料妖怪公寓的庭園，模樣像個圓滾滾的矮小男人。

房客介紹

舊書商：
咖啡色頭髮垂肩，戴圓框眼鏡。身上穿著舊舊的牛仔裝，皮帶頭上扣著銀色扣環，還戴了項鍊和手環，長滿鬍碴的嘴邊叼著菸，感覺就像是古時候的流浪漢。

骨董商人（目前行蹤成謎）：
「自稱」是人類，身旁跟著五個異常矮小的僕人。輪廓很像西方人，留著短短的八字鬍，左眼戴了一個大眼罩，右眼則是灰色的。給人的感覺相當可疑。

琉璃子：
妖怪，是妖怪公寓裡的害羞天才廚娘，做的料理超～級美味！總是隱身在廚房裡，永遠只看到她忙著做飯的「一截」纖纖玉手。

小圓：
處於靈體物質化狀態。年紀大約才兩歲，眼睛圓滾滾的，長得很可愛，但身世淒涼，令人鼻酸。身旁有一隻也是處於靈體物質化狀態的狗——小白忠心守護著。

長谷泉貴：
從小和夕士是死黨，也是夕士唯一的朋友，他心思細膩，和天真的夕士個性完全相反。以頂尖成績考上升學名校的他，野心是奪走自己老爸位居要職的公司。

翻開魔法之書

使魔介紹

【被封印的魔法之書】《小希洛佐異魂》：

夕士從舊書商那裡得到的魔法書，簡稱「小希」。大小跟字典差不多，黑色皮革封面，只有二十二頁，每頁都畫了一張圖，圖上分別有從一到二十一的羅馬數字，最後一頁則是一張印了「0」的圖。目前只有十四個使魔出場。

【愚者】富爾（0）：

「0之富爾」，是《小希洛佐異魂》的介紹人，非常彬彬有禮。身高才十五公分左右，頭上戴著類似軟呢帽的東西，穿著緊身褲襪，看起來很像中世紀的小丑。

【魔術師】金（I）：

萬能精靈，也就是所謂的「阿拉丁神燈精靈」。是一個身體硬朗的禿頭大叔，穿著也真的像是從阿拉丁神燈裡面出來的精靈一樣。

【女祭司】潔露菲（II）：

風之精靈，出現的時候，四周會颳起一陣風，可是風力不太強。

【皇后】梅洛兒（III）：

水之精靈，會使空盪盪的空間突然閃閃發光，水便開始從亮光之中滴落。只是水量通常不大。

【戰車】希波格里夫（Ⅶ）：

神之戰馬，是黑色的獅鷹，能夠在瞬間奔馳千里。體型比馬大了好幾倍，有著一張像爬蟲類一樣嚇人的臉。

【力量】哥伊艾瑪斯（Ⅷ）：

石造精靈人偶，是一尊羅馬戰士風格的石像，將近三公尺高。不過，它的活動時間只有一分鐘左右，一次使出的力量總和是三公噸。

【隱者】寇庫馬（Ⅸ）：

貓頭鷹一族，負責侍奉智慧女神米娜娃，掌握了世界上所有的知識。富爾稱牠「隱居大爺」。牠雖然是智慧的象徵，但是年紀大了記性不好，什麼事情都馬上就忘光光，而且有點痴呆，老是在打瞌睡。

【命運之輪】諾倫（Ⅹ）：

代表斯寇蒂、丹蒂、兀爾德三位命運女神，她們出現時帶著一個大大的黑甕，甕中裝著類似水的液體。而諾倫則是結合三人的力量所進行的法術，如：占卜、透視、模擬巫術等等。

使魔介紹

【吊人】凱特西（XII）：

貓王一族，就是「穿長統靴的貓」。外型是一隻黑貓，大概有中型狗那麼大，還拿著一根菸管。不但很懶散，也是一隻愛騙人的貓。

【死神】塔納托斯（XIII）：

死亡大天使一族，專門侍奉冥界之王。身高像個小孩，穿著黑灰色袍子，拿著一把小鐮刀。在袍子底下看不見臉，裡面是全黑的，感覺很陰森，只不過，預言能力趨近於零。

【節制】西蕾娜（XIV）：

吟唱咒歌的妖鳥，是一個麻雀般大小、人面鳥身的女人，也就是「鳥身女妖」，只有臉是人類的臉，身上覆滿了純白的羽毛，在黑暗之中會發出朦朧的光芒。她的歌聲宛如鳥囀，充滿了不可思議的震撼力。

【惡魔】刻耳柏洛斯（XV）：

地獄的食人狼，現身時，會放出劈哩啪啦的青白色雷電。然而，牠現在還只是一隻非常可愛的「小狗」，再過兩百年才會長大。

【高塔】伊達卡（XVI）：

雷之精靈，現身時，空中會放電。可是，他的力量只有一瞬間，而且電壓也不怎麼高。

【審判】布隆迪斯（XX）：

在最後的審判中喚醒死者的神鳴。連死者都能喚醒的天神喇叭，會造成一股巨大衝擊波「咚哐——」，每次都會把附近的玻璃窗全部震破，但是這對壞人很有嚇阻力量。

【月亮】薩克（XVIII）：

守護月宮的毒蠍子，現身時，會劃過一道青色的閃電。被薩克附身者，將會身體麻痺無法動彈。

暑假快要結束了。

「我想要一個瀑布……」

一面吃著晚餐，秋音沒來由地冒出這句話。

「啊？」

「我想要給夕士修行用的『瀑布』。」

「呃，我嗎？」

我——稻葉夕士，条東商業學校二年級學生。

失去雙親的我，現在一個人住在公寓裡，是個未來目標以當公務員或商人的普通高中生……至於，我為什麼要「修行」呢？

來到這間「壽莊」（通稱：妖怪公寓）之後，我日常生活有了一百八十度的大轉變。壽莊一如其暱稱，有如假包換的幽靈和妖怪在裡頭到處跑。住在這裡，遇上許多不可思議的事，遇到的人更是不可思議到了極點；和這些人、事、物共存之下，我原有的常識和生存方式、思考模式全都改變了。

透過這間公寓，我學到一件事：所謂的「普通」和「特別」其實沒有什麼界線，同時也了解自己的可能性亦是無限的。

和《小希洛佐異魂》的邂逅就證明了一切。

封印了二十二隻妖怪的魔法書《小希洛佐異魂》選上我當主人，我才有幸加入使用魔法書、操縱妖魔的「BOOK MASTER」——魔書使的行列。

世界上真有這麼厲害的事嗎？其實也沒有那麼厲害……不過，還是滿厲害的（到底是怎樣啦！）。能使用魔法之後，我也沒有變得像哈利波特那樣，開始踏上奇幻的冒險。一如往常，第二學期就在明天拉開序幕，我仍舊是一個以當公務員為第一志願，每天乖乖上學的高中生。

話是這麼說沒錯，但身為魔法師的我還是非修行不可。就算「小希」是一個完全端不上檯面的魔法用具，裡面的妖魔也都是沒用又兩光的傢伙，為了使喚這些傢伙，我依舊得磨練靈力才行——另一方面，也是為了不讓自己的性命縮減。

就是這樣，請容我把話題轉回來吧。

說想要給我瀑布修行的人是久賀秋音，鷹之台高中的高三女生。她以職業靈能力者為目標，在設有靈異・妖怪科的月野木醫院實習。

這位秋音小姐每天早上都要負責訓練我的「水行」。在修行的時候，我會陷入靈力恍惚的狀態，要是沒有專家看著是很危險的。惡靈那類的東西好像很喜歡這種恍惚狀態吧。

「你的修行也升級了，我想光靠我用水管澆水已經不夠了。」

「……所以……就需要瀑布囉？」

秋音點點頭。

「其實呀，我之前就很想要瀑布了。因為我也想做水行嘛～」

秋音雲淡風輕地盛了第三碗和風咖哩烏龍麵，又雲淡風輕地說：

「還是拜託房東先生好了！」

「要房東先生幫忙弄一個瀑布出來？」

「嗯！」

秋音豪邁地吃著咖哩烏龍麵。

「我去問問藤之老師什麼樣的瀑布比較好～我吃飽了！」

一口氣吃了三碗和風咖哩烏龍麵、兩大碗雞肉銀杏蒸飯之後，秋音就去月野木醫院修行兼打工了。藤之老師是秋音現在師習的靈能力師傅。

「噗噗噗……」

詩人噗哧一笑。

「這次要用瀑布修行？夕士，你還真是辛苦啊。」

那張塗鴉般的臉笑了。

一色黎明是詩人兼童話作家，同時也是這間妖怪公寓的熟面孔「人類」。

「既然要弄個瀑布，不如就做在溫泉旁邊吧。一邊欣賞瀑布，一邊泡溫泉、喝一杯，你們覺得怎麼樣？」

悠悠哉哉地隨口說出這個想法的人是深瀨明，他是一位和愛犬西格乘著雙載摩托車雲遊四海的放浪畫家，跟詩人是老朋友了。

「喔，這個點子不錯啊～」

「那就跟房東提議吧，這種事情房東一定辦得到嘛。」

妖怪公寓的房東先生是黑坊主。

沒有投胎轉世，在妖怪托兒所當保母的幽靈；以人類身分在公司上班，非常喜歡人類的妖怪；還有明明是個人類，卻往來次元之間的商人，越洋東西跑對他來說根本就沒什麼；還有一些真實身分不明的靈能力者，真的是讓人覺得莫名其妙（我現在也是其中之一）。不過，這些房客都很好相處，還超有個性，棒得不得了。更不能忘記的是……

「琉璃子！這個醃河豚卵真是太美味了！哎呀，跟日本酒超對味!!」

被詩人一說，就扭著白皙漂亮手指的只有雙手的幽靈——琉璃子，妖怪公寓的伙食就由她一手包辦。

我一邊吃著琉璃子的超好吃和風咖哩烏龍麵和蒸飯，一邊吃著冷茶碗蒸，同時心想：

「瀑布耶……」

一大清早就在自家被瀑布沖打的高中生……

真是好笑。

目錄

新老師登場

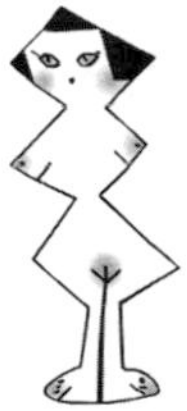

來說說學校的事。

暑假期間，我們二年C班的導師俊三——早坂俊三老師因為糖尿病病倒，據說現在還不知道他什麼時候能出院。

這些消息全都是田代爆的料。田代和我參加相同社團，也是同班同學，就女生來說，她算是很好相處的傢伙，是我的好朋友。

九月一日開學典禮，条東商業學校來了兩位新老師。其中一位擔任我們班導師，另一位則是來填補在第一學期半途病倒的三浦的空缺，負責二年級英文課的非常勤教師❶。

在開學典禮上，校長說：

「很幸運，我們立刻就找到替早坂老師代課的老師了。這位是千晶直美老師，專攻會計和電腦，擔任二C的導師。」

「千晶直美？」我好像在什麼地方聽過這個名字。

一名年輕男子在校長的介紹下低下頭。竟然是男的！

「什麼，男的？」

「居然是男的啊！」學生們開始竊竊私語。

明明是第一天上班，「千晶直美」老師卻沒穿西裝，也沒打領帶。從他那副散漫的氣息，我好像感覺到……感覺到某種東西。

「是什麼呢？這種感覺，跟某個人很像哩……啊！」我這才靈光一閃，「好像阿明先生！」

因強而有力的前衛畫作在海外廣受歡迎的畫家——深瀨明。只不過不管怎麼看，他的特色都像是暴走族老大。他頂著一頭褐色頭髮，全身上下穿著黑色皮革裝束，喜歡摩托車、喜歡打架，還經常在個展會場大打出手。

追隨這位深瀨畫家的熱情支持者當中，男性佔了壓倒性的比例，看來這種男人很受男性歡迎（呃，當然，他也很受女性喜愛）。

「感覺真不錯～」

田代她們那些女生全都很開心。同時，男生們看起來也對他很感興趣。果然，這種男人就是會散發出類似「味道」或「能量」的東西。

校長繼續說：

「千晶老師在生活輔導方面相當資深，所以我們請他擔任學校的訓育老師。」

❶譯註：有課才需要去學校的老師。

原來如此。單純地推測一下，他大概就是那種從流氓變成老師的人吧。

「接下來，我要為各位同學介紹的是青木春香老師。青木老師負責教授二年級同學的英文。」

就算是從很遠的地方看，誰都知道那位非常有禮貌地低下頭的女老師是個大美人。男生們全都鼓譟了起來。

以校慶為首，第二學期的學校活動排得滿滿滿，看來接下來的日子會相當刺激精采呢。

回到教室之後，田代她們那些女生馬上就開始高談「千晶老師」的事，男生們則都在聊青木。

「千晶好帥喔～」

「青木真是個大美女耶！」

撇開青木不談，我倒是對那個「千晶」是怎麼樣的傢伙很感興趣。不知道「他以前是流氓」這個推測，我到底會不會猜中。

今天是開學典禮，第一節課就是開學典禮和班會，所以新任導師很快就來了。

「唷。」

新任導師的第一聲聽起來有點懶散，教室裡的同學都有點兒緊張。

「校長已經介紹過了，我就是從今天開始擔任二C導師的千晶直巳❷。請多指教啦。」

新任導師這麼說完之後，便在黑板上寫下自己的名字。喔~原來漢字是這麼寫啊。他的頭髮全都往後梳，留著剃得短短的鬍子。那副懶洋洋地說話方式是他的習慣嗎？

「果然，他的感覺跟畫家很像……」

資深的生活輔導老師，意思就是他一直都在跟不良學生打交道。看起來確實是有模有樣的哩。

「身材真棒~♪」田代發出「嗯哼哼」的笑聲。

他的身材雖然纖瘦，但是感覺起來骨架很大，不是那種長期運動的感覺，而是像練武有成的樣子。

「老師，我要問問題！」田代馬上就開始發動攻勢了。

「老師單身嗎？」

❷編註：「直巳」日文發音同「直美」。

「老師三十二歲，是黃金單身漢，而且家裡還很有錢喔。」

啊～女孩子們全都叫了起來。

「但是，不管妳們想跟我怎麼樣，都得先畢業才行。畢業之後想跟我怎樣發展都ＯＫ。」

這一次，教室裡的同學們全都哈哈大笑，真是個囂張的老師啊！

千晶告訴全班同學自己住在鷹之台；表哥在上院中學當老師；自己一直在練合氣道（果然不出我所料）；喜歡的女性類型是性感大奶妹等等，讓大家大笑不已。

第一節課結束之後我才注意到，他根本沒點名嘛！

「真不錯、真不錯。千晶超～棒的！」

看來田代似乎非常喜歡千晶。田代的死黨櫻庭也說：

「對呀，真的很帥呢。」

同樣是田代死黨的垣內則說：

「他很有深度耶，而且感覺起來是個很好玩的人。」

女孩子們全都因為極度高興而騷動著。

男孩子們好像也都對千晶的玩笑話抱有好感。

我也是喔。一看到千晶，我就覺得：「喔，感覺真不錯。」

大概因為千晶的感覺跟深瀨畫家很像的關係吧。

第二節課是英文，所以我們要繼續面對新上任的老師。

「初次見面，二年C班的各位，我是青木春香。」

她的聲音非常平穩、溫柔。教室裡發出窸窸窣窣的聲音。

青木果然是個美女，雖然長相不是很豔麗，但是卻非常清秀有氣質。她留著一頭直髮，臉上化了適度的妝。然而，無論是只有一個墜子的項鍊，或是白色薄針織衫配紅黃交織的格子裙，感覺都還是相當時髦。

「現在正值一學年的中間時期，各位同學可能會遇到各種不懂的問題，希望大家能一起努力，讓成績有所精進。接下來就來點名吧。被老師叫到名字的人，請把手舉起來，大聲喊『有』。」開始點名後，青木還一一對著舉起手來的同學們打招呼說：「請多指教囉。」

她帶著散發出知性光彩的笑容，用溫柔而清晰的聲音說話。我總覺得她整個人……從頭到腳……都給人一種「無懈可擊」的印象。「跟千晶恰恰相反哩」，這點我覺得挺有趣的。

青木點完名之後，立刻就開始上課。大家馬上就知道她的授課技巧非常純熟，

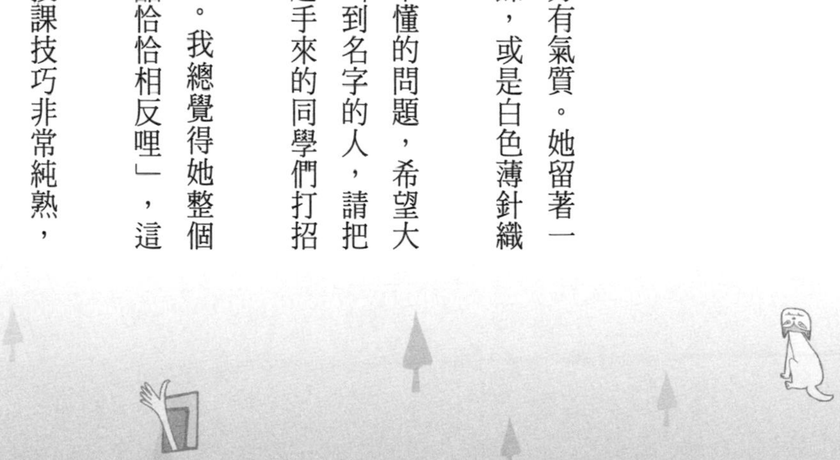

連授課都令人覺得「無懈可擊」。

「授課技巧高超的美女老師啊。沒想到世界上真有這種老師存在哩。」

「青木老師真是個大美女呢！那麼苗條的身材，真是讓人羨慕啊！」

櫻庭嘆了一口氣。

「巨乳也沒什麼不好啊。男生都喜歡胸部大的女生喔，小櫻。千晶不也這麼說嘛，對不對，稻葉？」

「啊？喔～～」不要扯到我身上啦。

「青木老師很會教課耶。」

令人意外的是，女孩子們並沒有對青木是「美女」這一點產生反感。我推想這大概是因為青木不僅清秀高雅，同時也是個好老師的緣故。

第四堂課是千晶的會計課。千晶的授課也還算不錯，不過就是廢話太多了。

「我有一次上成人網站瀏覽，結果竟然不小心打了國際電話，後果慘不忍睹，你們也要小心喔。」千晶坐在桌子上，用懶洋洋的語調說道。

「老師，成人網站真的沒有馬賽克嗎？」

「要付費的網站就沒有喔。可是啊，其實沒有你們想像中那麼好啦。」

「啊哈哈！」

這堂課是會計課耶～千晶真的是跟青木完全相反哩。

開學典禮這一天的課只到中午就結束了。

我記得國小時代只要參加開學典禮就好，根本不用上課吧。這也是「鬆散教育」的弊害吧。

我中午過後就要開始打工，所以便跑到頂樓上的老地方——水塔，享用琉璃子的便當：份量滿點的薄片牛肉三色菜捲和魚雜夾心蔥蛋捲。三色菜捲可不是只有肉包菜而已喔，裡面的蘆筍、胡蘿蔔、牛蒡上都扎扎實實地入了高湯的味道，蛋捲和魚雜、蔥更是對味！

為了方便食用，琉璃子將加了豌豆、玉米粒、胡蘿蔔、火腿的馬鈴薯沙拉捏成肉丸的形狀，但是依舊非常鬆軟爽口。

夾了味噌的小黃瓜和白蘿蔔棒——只要有這道菜，就足以下飯了！

御飯糰則是有梅肉柴魚拌飯和紫蘇風味的昆布拌飯兩種，最厲害的就是，這都是只加鹽巴、包海苔的簡單御飯糰。然而，鹽巴和海苔卻好吃得不得了！只加鹽巴、包海苔的御飯糰！日本人的原點！

「超好吃的，琉璃子～～」

在教室裡吃的時候，那些擁護琉璃子超絕美味的美麗便當的女生們便會又叫又鬧地一擁而上，不是用手機拍照就是偷吃，所以我根本沒辦法好好吃飯。從明天起，這樣子的午休時間又要開始了。

「你好，主人。」

富爾突然出現在書包上方。

這個傢伙是魔法書《小希洛佐異魂》的介紹人——代表0的富爾，是個打扮成中世紀魔法師模樣、身高僅十五公分左右的小矮人。他過分有禮貌的言行總讓人覺得不能信賴，而且還老是出狀況，是「小希」中的妖魔代表。

「主人在用餐時散發出來的能量，更是加倍美麗，我等全都感到萬分愉悅。」

這麼說完之後，富爾一鞠躬。他的頭都快碰到腳尖了。

「是、是、是。」

「假期結束，學期終於要開始了呢。一想到能再度和田代大人她們那些淑女相處，小的便覺得很開心。」

「還淑女咧～」

我和富爾一起從屋頂上俯瞰操場。現在，不管哪個社團的社員都還沒出現在操場上，接近白色的大地反射著太陽光，耀眼炫目。蟬鳴大合唱從圍著操場的樹木中傳出來，厚厚的積雲飄浮在藍天之中。

「夏天也接近尾聲了呢。」

「……嗯。」

雖然天氣還是這麼悶熱，太陽依舊如此毒辣，蟬鳴也仍然不絕於耳，但卻讓人覺得已然異於盛夏時分了。秋天確實地潛入了空間的某一處——我這麼覺得。

「喔，對了，有新老師來了吧。」

「嗯。幸好他們感覺起來都是好老師。」

「沒錯。我從女性教師身上感覺到非常好的波動。」

「哇，真稀奇，你竟然會去感受普通人類的波動啊。你不是都說人類的波動很混濁，根本不想去感受嗎？」

「一般來說，是這樣沒錯。」富爾平淡地說：

「不過呢，人類也是有很多種類的。主人非常尊敬的那位黑衣魔法師大人也散發出非常棒的波動。」

「什麼？你的意思是說龍先生和青木很像嗎!?」

龍先生是公寓的居民，是秋音的崇拜對象，好像是高段靈能力者（詳細情況不明），留著一頭黑色長髮的他，總是一身黑色打扮，與其說是靈能力者，他看起來更像是藝人之類的美男子。

「你的人生還很長，世界也無比寬廣。放輕鬆一點吧。」

龍先生就是說出這句話，拓寬了我的世界的人。和龍先生說話之後，就會被他那高度的知性和深深的度量環抱，該怎麼說呢……就是感覺很舒服。

「可以說他們都是有信念的人吧。為了探究自我之道，日復一日地專注於其上的人特有的良性波動，都是很相似的。說到底，所謂的人類波動，就是各式各樣的慾望、情緒的動搖歪曲。持續在做精神性修行的人身上，就不會出現這種動搖。」

「喔～那青木還真是個……好的人類呢。」

富爾搖搖頭：「不見得一定是好的人類，只是她的波動很棒而已。」這麼說完之後，富爾發出了意味深長的笑聲：

「呵呵呵呵。」

中午到晚上我全都在工作，直到九點左右才回到公寓。

「歡迎回來。」

只為了在玄關說「小心慢走」和「歡迎回來」而出現的幽靈「華子」來迎接我了。她那隨著季節變化的和服花紋，也從鮮豔的紅色南國薊變成紫色桔梗了。

「我回來了，華子。」

從起居室探出頭來偷看的是小圓——被親生母親虐殺的兩、三歲男童幽靈。小圓的身邊總是跟著養母小白狗，他們兩個就在公寓裡的房客們疼愛下生活，等待投胎轉世的時刻來臨。

「喔～我回來了，小圓～」

小圓伸長了手要我抱抱（小圓不會說話），於是我便抱起小圓，結果他把手上的黑色東西塞進我嘴裡。

「這是什麼啊？」我嚼了一下，香味隨即在口中散開。

「喔，這不是烤魚骨嗎？噢～好好吃。」

小圓身為幽靈，就算吃一般的食物也無法攝取營養，不過他好像吃得出味道，所以對好吃的東西愛不釋手。琉璃子會特別為小圓準備他專屬的小點心，或是在幫我或秋音準備便當的時候，順便做一個小圓用的迷你便當，到了中午，小圓就會和詩人並坐在緣廊上，吃著他那小巧的便當。真是美好的畫面。

「我回來了～」

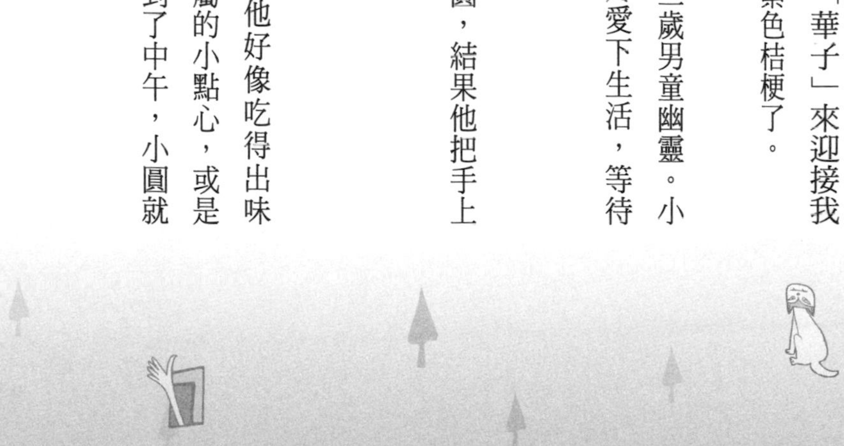

一進入起居室，我就看到今天依舊在喝酒的詩人和畫家。兩個人一看見我便哈哈大笑。

「怎、怎麼了嗎？」

「完成了喔。」畫家笑得東倒西歪。

「什麼完成了？」

「瀑布。」

「咦，真的假的，已經完成了!?呃，在哪裡？」

「就弄在浴池旁邊啊～」

我直接抱著小圓走去地下室。才踏進更衣處，我就已經聽到水流下來的聲音了。我走下洞窟溫泉的樓梯，平日總是濃濃的水蒸氣變淡了……是該變淡沒錯，因為岩壁上開了一個大洞，水蒸氣緩緩地從那個大洞飄出去。

「哇～～」

我呆呆地站在浴池前面。大洞的另一頭，就是瀑布。

在點點行燈❸朦朧的照明下，被櫻樹、楓樹和青苔覆蓋下的瀑布高達……三公尺左右？水量給人的感覺完全不是淙淙水聲，而是啪吵啪吵氣勢十足的聲音。從崖邊岩石上流下來的幾絲流水，簡直就跟名勝「白糸瀑布❹」一樣。瀑布前面有一個小小的池塘。我向前走近，瀑布沁涼的冷空氣讓我渾身舒暢，天上則是一片星海。這是什麼荒郊野嶺啊？

「哇～～」

我呆呆地抬頭看著瀑布。說要拜託別人造瀑布也就算了，被拜託的人竟然還依照委託，真的弄了一個瀑布出來，真不愧……真不愧是妖怪公寓！（我也只能這麼說了）

「啊……小圓!?」

我轉過頭，發現小圓已經把腳伸進綠色的池塘裡了。

「喂，你這傢伙，你還穿著衣服哩。」

小圓用小小的手掬起清澈的水，到處亂潑。濕漉漉的小白甩掉身上的水。

忽然間，小圓凝視著自己手裡的水，好像回想起什麼事似的。該不會是暑假長谷來的時候，和他一起在塑膠游泳池裡玩鬧的事吧？

長谷泉貴是我的死黨，現在就讀於市內的明星升學高中。但只要一放假，他就會騎著機車趕來這裡連住好幾個晚上——他就是這麼喜歡這間妖怪公寓。其中，小

❸譯註：在木、竹製的框內糊紙，裡面放進燈油盤點火照明的擺燈，類似燈籠。

❹編註：日本各地都有稱為「白糸瀑布」的觀光景點，只要是幅度稍寬，或落差較大的瀑布就會冠上這個名稱。

圓是長谷的最愛（長谷也是小圓的最愛）。這個平常冷酷無情的虛無主義者，明明就是在背地裡掌控著不良少年集團的大壞蛋，可是一到小圓面前，他卻會變成溫馨愛家的好爸爸，連我看了都覺得很難為情。

長谷離開公寓的時候，如果不算好在小圓不在的時間出發，就一定會被小圓黏著不放他走，非常麻煩。

現在，小圓小小的腦袋瓜裡，應該想著整個暑假都泡在這裡的長谷爸爸吧。

「嘿～」

我對著小圓潑水。小圓稍微嚇了一跳，不過馬上就學著我把水潑回來了。我們就這麼玩了潑水遊戲好一會兒。

難得長谷還特地從家裡拿了塑膠游泳池來，看來現在可能已經用不到了呢。再怎麼說，這可是池塘，池塘耶，還有瀑布啊。看到這幅景色之後，想必長谷也會大吃一驚吧。

「喔～～真不錯啊！」

「真不錯呢～」

畫家和詩人興高采烈地來了——木盆裡還周到地準備了酒和下酒菜。

兩個人一泡進浴池裡，就心滿意足地一邊眺望著瀑布，一邊喝起酒來。

「真棒。」

「好奢侈喔。」

「我相當期待冬天的到來哩。」

「賞雪酒呀～～」

「真是讓人迫不及待～～」

論及享受人生，這間公寓裡的居民全都是箇中高手。他們愛吃美食、愛品酒、愛人、愛孤獨、只做少量的工作，而且不管身處於什麼狀況都能享受當下。一面欣賞著滿天星光和瀑布，一面看著泡在溫泉裡喝酒的詩人和畫家，我不禁也想早點變成這種大人。

「我們也來洗澡吧，小圓！」我和小圓隨手丟下脫掉的衣服，跳進浴池裡。

「嗚哇，混帳！會濺到酒裡啦！」

「哇哈哈哈！」

在某個荒郊野嶺的夜空中，劃過了幾顆流星。

從隔天早上開始的修行就不是水行，而是瀑布修行了。

秋音穿著泳衣，精神奕奕地出現。

「秋音？」

「我也要跟你一起修行喔！」

於是我們兩個人便走到瀑布下方。相當大的衝擊力啪吵啪吵地拍打著頭部。不過，水並不是很冰。

「喔、喔、喔、喔！」

「真不錯呢！水量非常理想！」

「秋～音！我被水擋住視線，看不見神咒了啦！」

「夕士，你應該已經背起來了喔！我也陪你一起唸誦！預備——起——南無喝囉怛那……」

即便和水管完全不同的水壓讓我有點站不穩，我還是拚命地跟著秋音唸誦神咒。平常總是感覺只有兩、三分鐘的二小時修行，在今天果然還是覺得稍微長了一點。而在修行結束之後，我好久沒發冷的身體也顫抖起來。不過，溫泉就在旁邊！我飛身跳進溫暖的熱水中。

「啊～～～真是太爽了！」

秋音站在浴池旁邊大笑：「很舒服吧！」

這個高中女生果然厲害。

公寓裡的瀑布造好了，學校裡也來了新老師。

和之前稍微不同的嶄新日常生活，就這麼開始了。

總是瞎忙一陣的新學期開頭，也在一個星期左右平靜了下來。

「喂，稻葉。」千晶在走廊上叫住我。

「是。」

「聽說你一個人住在公寓裡嘛。」千晶的身體湊了上來，「身為你的導師，我是不是去做一次家庭訪問比較好啊？」他邊窺視著我的臉，邊問。我聞到了香菸的味道。

「不用了，其實也沒什麼大問題。」

「說得也是嘛。你成績好，又認真，丟著不管也沒關係嘛。」

真是個直腸子的老師。哪有老師會問學生這種問題啊!?

「沒關係啦。我還得負擔自己的生活花費，不會做出什麼不經大腦的勾當。」

千晶咧嘴一笑，說：「好答案。」接著，千晶拉了我的耳朵一下，又拉開我的

襯衫衣領偷看裡面，然後摸了我的身體。

「……你、你幹嘛？」

「嗯～這叫性騷擾吧？」千晶笑著這麼說完，最後搔搔我的頭，說：「很好。」便離開了。

「……什麼意思啊？」

千晶被前面不遠處的幾個男孩子圍住，開始說起一些有趣的話。我馬上就知道他們不是在說什麼正經事。

我不經意地從走廊望向窗戶外面，看到了青木。她被女孩子圍著，也在說什麼好玩的話題。圍著青木的女孩子全都很像，就是那種看起來很認真的女生。我看看千晶，再看看青木，差點兒爆笑出來。

「對比真是越來越明顯了哩。」

青木在英文課一開始的五分鐘，編入了英文詩歌朗讀的課程。

「不知道意思也沒關係喔，重要的是聽英文。」

青木這麼說完，便主動朗讀給我們聽。那首詩歌好像是從聖經中節錄出來的。

青木是基督徒，由於實在太有模有樣了，反而讓我覺得有點奇怪。

另外，她朗讀那篇聖經詩篇的模樣更是美得令人不敢置信，連女孩子都有人看得出神（就另外一種意義來說，男孩子也是），可是我倒是沒什麼特別的感覺。我想，這單純是因為青木這種女性不是我喜歡的類型。

不過，青木絕對是一名貨真價實，如同聖女一般兼具溫柔、知性和美貌的女性，這點是毫無疑問的。

以男生為首，千晶在那些有點壞壞的學生當中人氣超旺；喜歡青木的則是以女生為中心（應該說全是女生）的用功學生。

會在同性之中受歡迎，就表示擁有某種特別的魅力，我想這就是「崇拜」吧。他們擁有讓別人覺得「我也想變成那樣」的特質，比方說外貌、生存方式，或是天賦，吸引力應該也算吧。長谷那傢伙，應該也是這種類型的人。

千晶以前不是流氓，但是雖然不是流氓，他以前似乎也幹過相當多的勾當。在他上課中說的大量廢話之中便可窺見一二。

千晶就是所謂的「紈袴子弟」，國中、高中、大學（搞不好國小也是）還會唸點書，不過大半的青春都耗在揮霍金錢玩樂上。他也和學校的不良少年和路上的小流氓來往，好像就是在那個時候學到和不良分子有關的知識的。

「什麼樣的傢伙都有喔。好玩的、瘋狂的、自始至終都一事無成的，也有好好更生，回到社會的。」千晶斜靠在窗框上，懶洋洋地說著廢話。

「但是啊，能不能金盆洗手，真的都是要看個人。那個時候，每個人都看不見周遭大局。直到現在，我還是不曉得哪個傢伙會在什麼時候、因為什麼原因突然看見了。或許是那個傢伙與生俱來的命運吧。」

說得真好——很像在妖怪公寓聽詩人、畫家他們說話時的感覺。這絕對不是理想論，而是切身的談話。這是親自和各式各樣的人相處、做了各式各樣的事情，並且全都親身體驗過的人說的話……我有這種感覺，真的就跟我和公寓裡的居民們的關係一樣。

「校長雖然誇我是資深的生活輔導老師，不過其實我的職業經驗並沒有真的那麼資深——我當老師還不到十年哩。但是，就是因為我還年輕，所以心境上才能更貼近你們。」千晶一邊這麼說，一邊從他經過的男生抽屜中抽出漫畫雜誌。

「啊。」

因為漫畫雜誌是攤開的，那個男生在看的內容也人人皆知了。

「我覺得，這是對現在的我和你們雙方都好的要素。」

千晶用雜誌的書背敲了那位同學的頭，大家呵呵笑了。每個人都知道，這樣就算處罰結束了。千晶把漫畫夾在腋下，繼續說：

「我們應該要讓好的要素發揮到極限，對吧？」

男生們點點頭。對啊，無論是心靈還是身體，大家都有很多話想問這位「大哥」、想對他說。

「這個沒收。」

漫畫被沒收的學生一臉陰沉，不過其他人都哈哈大笑。

「喔~他訂標準的手法很巧妙嘛。」

我大感佩服。千晶訂下「這個可以，這個不行」的標準的手法相當自然。千晶的武器，應該就是這副「見招拆招」的態度吧。

他會用自然的感覺對大家說：「好啊，你就全都說出來吧，我會聽你說的。」但是，他也會告訴大家：「你搞錯了吧？」……我深深地這麼覺得。

「千晶說話好好玩喔！我好想聽他多說一點耶，他一定知道很多很有趣的話題~」午休時間，田代邊吃便當，邊說道。

「我是覺得他廢話太多了。」垣內苦笑。

「但是啊，千晶老師真的一看就是訓育老師耶。好像就算去找他商量一些奇怪

的事，他也會點頭聆聽。」

「是要商量什麼奇怪的事啦，小櫻。」

「哈哈哈！不是那種奇怪啦！」

「那是什麼奇怪嘛！」

「哈哈哈哈!!」

「…………」

第二學期，我還是在這三個人的包圍下吃便當。

不過，櫻庭應該說中了吧。千晶會大受壞學生歡迎，或許就是因為壞學生們覺得千晶是個見多識廣的大人，就算找這傢伙商量一些麻煩事，他也能理解。真是個名副其實的「前輩」，而且還是個有出息的前輩（同樣是前輩的人，應該也有沒出息的嘛）。

「可是呀，說到會聽人說話，青木老師不是更棒嗎!?」垣內說道。

「喔，對耶。青木老師感覺起來超級溫柔的。」

櫻庭也表示同意。然而，田代卻歪歪頭，說：

「可能是這樣沒錯，不過青木老師大概沒辦法應付非常奇怪的問題吧。」

「到底是什麼奇怪的問題啦！」

「就是很怪的那種啊!!」

「哈哈哈哈!!」

「對吧，稻葉！」

在這個節骨眼把話題丟給我嗎!?

「什、什麼啦？」

「你沒辦法找青木老師商量色色的問題吧!!」

「商量色色的問題？稻葉的色色的問題是什麼樣的問題啊？」

「討厭!!」

「哈哈哈哈哈!!」

不要自顧自樂起來好不好，這個吵鬧三女組!!

可是話說回來，當然沒人有辦法跟那個跟尼姑一樣清秀有氣質的青木商量什麼色色的問題。應該說，就算跟她商量了色色的問題，要聽那尼姑般清純的回答，也會讓人覺得很困擾吧？如果是純愛或是初戀的問題也就算了，要商量色色的問題，還是得有像這個吵鬧三女組一樣「討厭——、騙人——」的反應才行。

我實在無法想像青木做出這種反應。

反正人都有自己擅長和不擅長的事，這樣也好啦～

新社員
登場

開學典禮過後十天左右的星期一。

英語會話社來了新社員。

「現在才加入啊？」

指導老師坂口帶來的是一個一年級的女生。

「各位～她是山本小夏，一年F班，普通科，是在第二學期轉來的。她應該還有很多不懂的地方，就請大家多照顧她。」

那名轉學生——山本小夏，非常瘦弱。她的身高大約一百五十五公分，手腳都很細，胸部和肩膀也很單薄！而且，蓋住後背的長髮幾乎遮住了她半張臉不說，她還戴了一副讓人覺得「現在還戴這種眼鏡？」的那種黑框眼鏡（就是那個啦，《機器娃娃》裡面的丁小雨戴的那種大框又粗的眼鏡），讓人覺得和身體比較起來，她的頭部非常的重，整個人感覺很不平衡。

再加上從黑框眼鏡後面朝著這裡看的視線，該怎麼說呢……感覺不太好。

是我自己的問題嗎？我總覺得不太對勁。

妳的那個、那個眼神……該不會是……在瞪我吧？如果這裡是外面，妳又是男生的話，我絕對會跟妳沒完沒了!!

就在我滿腹不爽的時候，山本已經在社長的催促下坐下來了。

「嗯，校慶就訂在十一月十日、十一日、十二日，第二學期，我們英語會話社也會參加活動。每年，英語會話社在校慶的表演都是卡通的英文配音，今年也要做這個嗎？如果有其他建議……」

當大家在討論著校慶時，山本只是靜靜地聽。

社團活動第一天的討論漸漸離題，轉到暑假發生的事、卡通和電影去了，因此便在毫無具體決定的情況下散會。嗯，我想也是這樣。

「小夏～♪」田代向山本搭話。

「妳的名字好可愛喔，小夏。我是二C的田代。第一天參加社團活動的感想怎麼樣呢？」

山本像是「瞥了」在田代旁邊的我一眼之後，說：

「大家……完全沒有說英文耶。我還以為英語會話社在進行社團活動的時候，全都會用英文溝通。」

這麼說著的山本的眼睛，彷彿非常瞧不起大家似的扭曲了……看起來好像是這樣，是我想太多了嗎？

「呀哈哈哈！怎麼可能！」田代真心地開懷大笑。山本則是露出一副不屑的態度，掉頭就走。

「這個女生，好像有點神經質耶。」田代一邊看著山本的背影，一邊對我說，可是我總覺得山本不只是神經質而已。

隔天，我和田代去社團的時候，山本已經來到社團辦公室了。

「喔，妳這麼早就來啦，山本。」

山本微微點頭示意。我還是覺得那顆頭很重。而且，她不熱嗎？現在的天氣還熱得很哩。

「妳在看小說呀？是什麼？」田代探出頭窺視，結果山本面無表情地回答：

「契訶夫❺。」

「契訶夫？喔？是什麼意思啊？」

「不是書名，是作者的名字啦。」

我回答之後，田代笑著說：「什麼嘛。」山本則輕輕地哼笑一聲。

「妳喜歡文學作品嗎，山本？」

我隨口問道。山本露出「你在說什麼啊？」的表情說：

「當然。」

「哇?!妳那麼喜歡呀？」田代吃了一驚。山本臉上的表情越來越驚訝了。

「因為除了文學作品之外的書都不是小說。」

「那是什麼？」

「漫畫啊。」

山本若無其事地回答。我和田代面面相覷，接著笑了出來。

「我還不曉得你平常在看的書都是漫畫耶。」

「我也不知道自己竟然都在看漫畫哩。」

「還是俄國文學最棒。杜斯妥也夫斯基也不錯，不過我還是喜歡契訶夫。」

山本突然開始侃侃而談。

「對於生活在世紀末的小市民、知識分子的憂鬱的描寫，讓我非常感動。」

山本就像是認為我們都知道契訶夫的作品一般說著。

「喔……」

「嗯？」

我是喜歡小說沒錯，至於文學作品的話，就算我看過，也不會留在腦袋裡（我的興趣是犯罪故事、時代故事、冒險故事）。更別說是田代了，我看她的閱讀經歷

❺譯註：Anton Pavlovich Chekhov，一八六〇～一九〇四年，十九世紀末俄國偉大的批判現實主義作家。

大概只到格林童話就結束了吧（後來我問了她之後才知道，她從國一開始就定期訂購《世界的兵器和軍裝》季刊，而且還一直問我這難道不算在她的閱讀經歷裡嗎？哪算啊！）。

看到我們的這種反應之後，山本便露出掃興的表情，又開始繼續看書。

嗯，如果別人對自己喜歡的東西不感興趣，自己確實會很失望，但是山本剛才的反應也未免太奇怪了吧？簡直就像是以「自己喜歡的東西，別人也一定會喜歡」為前提的談話嘛。當她發現事實並非如此，就立刻翻臉，表現出不悅的態度，搞什麼啊？

我和田代都只能聳聳肩。

那天，我們還是繼續討論校慶的事。

社團的表演和歷年相同，就是替卡通做英文配音。我們將台詞翻譯成英文，再配合著錄影帶畫面自己錄音。上場的多半是三年級學生，表演的卡通也會選擇家喻戶曉的名作經典片段。

「今年要表演什麼？順便提一下，去年是表演『龍貓』嘛～」

「還是要選宮崎駿的卡通吧？」

「就知名度來說也是這樣。」

「要不要偶爾換個口味？」

「其他還有什麼有名的？」

「神奇寶貝。」

就在大家提出各自的意見時，山本突然說：

「不要選卡通，改成電影怎麼樣？」

所有人都露出「什麼？」的表情。大家都已經決定要表演卡通了，現在提這種建議也未免……

「電影……啊。」社長狀似傷腦筋地笑了。山本沒理會社長，繼續大放厥詞：

「我們都已經是高中生了，總不能永遠表演卡通吧？」

喂、喂、喂，妳說這話……是在找碴嗎？社長看起來更傷腦筋了。

「這個嘛……社團活動的教材是會用電影啦。」

「那就別靠卡通那種幼稚的東西，好好活用我們的教材怎麼樣？」

「啪！」我的身邊傳來了某個東西斷掉的聲音。

「卡通哪裡幼稚了!?」田代踢開椅子站了起來。

我能了解田代想回嘴的心情，不過我還是拉住她的袖子。

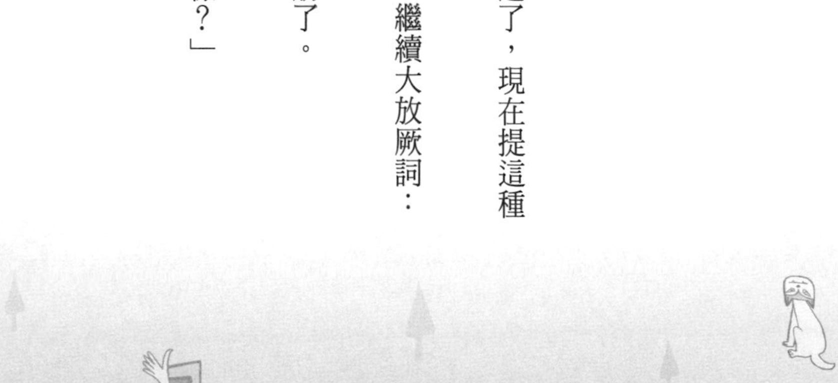

「話題扯偏了喔。」

「啊？」

「那、那個……要選電影的話，山本同學有什麼推薦的嗎？」

社長辛苦地挽救現場氣氛。被社長這麼一問之後，很明顯地，山本的表情立刻開朗了起來。

「可能會有點難度，不過我覺得這個時候就是應該表演楚浮❻。」

「楚……楚浮？」

全部的人再次露出了「啊？」的表情。這也難怪，如果不是非常喜歡看電影，現在的高中生怎麼可能會看什麼楚浮啊？連我都只知道名字而已，再說這裡又不是電影研究社。

然而，山本的臉上又露骨地浮現出那副「你們在說什麼啊？」的表情。

「說到電影，不就只有楚浮嗎？」

「是這樣嗎？」

社長環顧大家，大家不是搖頭就是聳肩，現場的氣氛驟然降至冰點。山本見狀，便將坐著的身體轉向旁邊。

「算了。」

「這傢伙是怎樣……!?」田代皺起眉頭。

「大部分的國、高中生都會看的，我想還是只有宮崎駿的卡通。今年就是『霍爾的移動城堡』了吧。」

我這麼說完，現場的氣氛便恢復原狀。

「對呀。大家覺得『霍爾的移動城堡』怎麼樣?還有沒有什麼其他的?」

「『霍爾的移動城堡』就好了。」

掌聲響起，山本還是面向著旁邊。

接下來，討論的話題轉向怎麼弄到錄影帶，和拿給很照顧我們的外國人俱樂部的邀請函等細節，並有了結論。

在大家討論的時候，山本很不高興地保持緘默。在社團時間結束之後，她連招呼都沒打，就快步走出社辦。

「呼〜〜來了一個問題學生哩!」社長用力地嘆了一口氣，社員們輕輕地拍拍他的肩膀。

❻譯註：François Truffaut，影史上公認最會拍小孩子的導演之一，除了『四百擊』這部經典外，於七〇年代完成的『野孩子』也是擲地有聲的傑作。

「真是嚇死人了。是怎樣？剛進來就擺出那種態度？就某方面來說，她還滿有種的嘛。」

「還說什麼大家已經是高中生了，表演卡通太幼稚！」

「是要怎麼表演電影啊？先把台詞聽出來喔？」

「確實是能增進英文程度哩。」

「但是，楚浮的電影是法國片耶。」

我一說完，大家又再度露出了「啊？」的表情，說：「……莫名其妙。」

沒錯，真是莫名其妙。我覺得非常納悶，山本真的是在完全了解的情況下說出那些話的嗎？

「文學是俄國，電影則是法國，真是高尚呢！呵呵呵呵！」田代譏諷地笑著。

對了，山本的言行舉止就是會想讓人譏笑她，感覺非常膚淺，還刻意說什麼「大家已經是高中生了」、「卡通很幼稚」。

嗯，不過如果真的有那種信念、想要挑戰更難的東西的話，這也算是一個很了不起的意見就是了。

「反正我就覺得哪裡怪怪的。」

對公寓裡的居民們說每天發生的事情，已經變成我的習慣了。透過在這裡對大家說話，我便能磨練、改正、接受自己的想法。

「俄國文學跟楚浮啊～～」詩人發出意味深長地哼笑，說：「那個女生的說法……好像有點偏激。」

「啊，果、果然，你也這麼覺得嗎!?」我不假思索地探出身子，差點打翻了飯後的咖啡。

「當然，俄國文學和楚浮都會吸引死忠的支持者。所以舉例來說，深愛楚浮的人們當中，就會有人說：『好萊塢電影根本就是垃圾！』」

「嗯。」

「可是，那個女生不一樣吧？」

「沒錯！」

「十五歲的人喜歡俄國文學，太矯情了。」麻里子一邊喝著啤酒，一邊不屑地笑道。

這位以前曾經非常（而且還是超乎一般人的標準）愛玩的絕世美女，現在已經是幽靈了。因為種種理由而沒有投胎的她，目前在妖怪托兒所當保母。

「十五歲就喜歡楚浮也是……」熱愛電影的「佐藤先生」是偽裝成人類在普通公司當上班族的妖怪（目前還不知道是什麼妖怪）。

「如果只是喜歡，可能還說得過去，不過我不覺得她真的能理解楚浮的電影哩。嗯，也是有描寫青春期孩子的作品，不過說到楚浮的代表性作品，還是成人戀愛電影吧。不僅看待戀愛的文化不同，男女之間的微妙關係，還是要經歷過才會懂……很難想像十五歲的人會有這種經歷哩。」佐藤先生瞇著眼睛笑笑地說。

「經驗豐富的十五歲女生，才不會看楚浮呢。」麻里子哼笑一聲。這是只有麻里子才有資格說的強力話語。

「對呀～還是要再……成熟一點才行。楚浮的影像表現時髦又有個性，那個女生應該只是單純地崇拜而已吧？感覺起來有點勉強哩。」

「就是這點。」詩人插了進來，說：「刻劃人性相當深刻的俄國文學、描寫熟男熟女情愛的楚浮電影，這兩者都是高格調而具有藝術性，非常艱深。所以只要說自己喜歡這個，就會讓別人對自己有種相當有智慧……的印象，對吧？」

我和麻里子、佐藤先生三個人面面相覷。

「在知道別人會這麼想的情況下，選擇了這兩者……是這個意思嗎？不是因為自己喜歡才選的。」我說。

詩人搖搖頭：「或許她只是一廂情願。」

「一廂情願？」

「那個女生真的非常非常喜歡文學，最後迷上了俄國文學，而且還極其了解男女情愛，甚至還因而愛上了楚浮的電影……這是不太可能的。但是，我也不覺得她是個單純的小騙子，只是故意裝成自己喜歡這些東西而已。這樣子的話，就很有可能是她在自己身上貼金了呢～」

「貼金……」

「往自己身上貼金的小孩子呀，有很多都是不得不這麼做的喔！」

「…………」

「小夏可能有什麼問題呢。跟她應對的時候還是小心一點比較好喔～」

詩人看著我，意味深長地笑了。

「往自己臉上貼金……」

我在自己的房間裡，面對桌子，陷入沉思。我在山木身上感受到的不尋常，就是這個嗎？

「可是那是什麼意思？如果是躲在自己的殼裡的話，我也有經驗，應該能夠理

解，不過貼金呢？是虛張聲勢的意思嗎？男生應該都會懂吧。」

妖怪公寓的夜晚已經完全進入秋季，可以清楚聽到蟲鳴嘈雜的聲音。

不過，是不是真的「蟲」，我就不知道了。

隔天放學後，我和田代一起過去社辦，發現山本已經在裡面看書了。

「既不參加討論又早早走人的傢伙，竟然第一個到呢。」田代發著牢騷。山本沒跟我們這兩個學長姊打招呼，默默地讀著文庫本。

這個時候，三年級的女社員來了。

「啊，學姊！妳看、妳看，這是今天稻葉的便當！超～讚～的！」

田代將手機裡的照片拿給學姊看。要稱讚琉璃子的超絕美味的美麗便當是可以，不過拿手機猛拍照也太那個了。

「哇，好漂亮喔～～好像小花園喔！」

田代的最新型手機能夠照出數位相機等級的鮮明照片。我也看過那些照片了，真的拍得很漂亮。

「這個黃色的是玉米麵衣炸蝦丸，五彩繽紛的是八寶春捲，像薔薇的是鮭魚。很棒吧！」

「超棒！這個御飯糰也好可愛！這個，這個像散落的花瓣一樣的是什麼？」

「雕過的紅蕪菁。」

「看起來好好吃喔～～」

女生只要一講到食物，就一定會興奮起來哩。

「稻葉學弟的便當真的是充滿愛心耶～我好羨慕喔。真想給我媽看看，讓她好好學學。」

「啊，我媽也超隨便的，學姊！幾乎每天都只是把晚餐的剩菜、剩飯塞到便當裡而已。」

「啊哈哈！沒錯、沒錯。」

「小夏，妳要不要也看一看稻葉的便當？」

田代試圖讓她看自己的手機。可是山本卻用讓我們嚇一跳的強硬口吻拒絕：

「沒興趣!!」

「呃……是喔。」

我們面面相覷，聳了聳肩。不過就是便當的話題罷了，沒必要這麼排斥吧？有什麼好不爽的！山本還繼續說：

「田代學姊，請妳不要直接叫我的名字。我有山本這個姓氏，被人直接叫名字的感覺很不好。」

喂、喂、喂，哪有人這麼說話的？人家不僅是跟妳同社團的同伴，還是妳學姊喔。應該還有更適切的表達方式吧？

「是嗎？那真是對不起了，山本。」田代的驚訝似乎超過了憤怒。兩個人每天都要見面，沒必要刻意說這種和人對立的話嘛。

（……說歸說，我自己在國中的時候，也到處跟人對立哩。）

我突然想到。

「可能有問題……」詩人曾經這麼說過。

「原來如此。或許真的是這樣喔……」

那個時候，學姊好像忽然想起什麼要事似的，說完：「幫我看一下書包。」便走出社辦，於是我把田代帶到社辦外面，稍微跟她提了一下詩人對我說的話。田代「嗯～」了一聲，將雙手交叉在胸前。

「我呀，也覺得在第二學期轉學過來這點很奇怪，應該是有什麼原因吧。」

「她看起來不是單純的個性不好喔。」

「好，就讓我來調查一下吧。」

田代似乎掌握了令人生懼的情報網，不管什麼樣的消息都找得到。她究竟在什麼地方布下什麼樣的天羅地網，我根本不敢想像。

彷彿和學姊交班似的，一名一年級的男社員拿著錄影帶出現了。

「我借到『霍爾的移動城堡』了～」

「喔，辛苦了。」走進社辦的我們對學弟說。

「啊！這個、這個！」田代指著ＤＶＤ盒子上畫的霍爾說：「這個角色是木村拓哉配音的耶，太超過了啦～要是小櫻，光聽聲音情緒就會high到不行啦。」

「哈哈哈。」

「真的太大手筆了。」

「不可以說high，要說興奮。」

「!?」

山本只把頭偏過來，看著我們。她的嘴巴歪歪地笑著。

「咦？什麼？」

「情緒不是用high來形容，而是興奮。在英文裡也是這樣說的。」

「喔，是這樣啊!?」

田代和一年級男生都不知該如何反應，我卻對這句話有點印象。一年級剛開學的時候，坂口老師曾經這麼說過，只不過我忘記了——因為「情緒高漲」這種表現方式經常在日常生活中用到。

「明明在學英語會話，居然連這種事情都不知道啊？」山本彷彿在輕蔑我們似的笑著。

她說得雖然沒錯，但是卻用了最不含蓄的方式來表達。就算是「這種事情」，我們也不可能什麼都知道吧？

「等一下～～妳幹嘛這樣說話啊！」田代擺出了對戰的姿態。

「情緒高漲這種說法就像日式英文啊，沒什麼關係吧？」我也開口，不過山本的嘴巴更加歪曲了。

「在學英語會話的同時，還能理直氣壯地使用日式英文啊。你們有點自尊心好不好？」山本說。

「平常聊天的時候沒差吧？畢竟這已經是日常用語啦。我們說話的時候才沒有考慮那麼多。」田代反駁。

「我們？妳是說『royal we』嗎？請不要用這種推卸責任的說法。」

「什麼?royal?」

一看到田代的臉上出現一個「?」的符號，山本便喜孜孜地解釋：

「將個人的想法表現成大眾的想法，就叫做『royal we』。這是源自國王對國民的說法，所以平民是不能用的喔。」

「平民?我是平民沒錯，可是我這麼說的出發點又不是那樣。妳說我像國王，那妳自己又是什麼?」

「就是因為放縱這種曖昧不明的說法，錯誤的英語才會氾濫成災嘛。妳知道嗎?T恤上面印的英文字，經常都是錯的喔。妳應該知道吧?」

「妳那種口氣才更像是國王哩!」

「我不會使用錯誤的英文，我不會逃避責任。啊，不過『we』還有其他用法喔。妳知道嗎?」

……牛頭不對馬嘴。

山本根本不打算聽田代說話。她裝出一副自己是聽了田代的意見之後才回話的樣子，其實根本就不是這樣。她只是一個勁地說自己想說的話罷了。這樣子的話，這段對話永遠都是平行線。

「真是莫名其妙。妳到底想說什麼?我現在超想打人的。」

「喂。」我對田代喊。
「幹嘛？」
「別說那些傻話了，快來準備看片啦。大家要進來了。」
「啊，嗯，對耶。」
就在這個時候，山本咬牙切齒地對我說：「什麼叫『別說那些傻話！』我哪裡傻啊！」
我回答：「我不是在說妳啦。」
結果，山本高聲怒吼：「你無視於我的存在嗎!?」
這和她之前那副趾高氣揚、賣弄知識的樣子比起來，簡直是異樣得判若兩人。好像很難過、又好像在生氣、又好像很驚訝，總而言之就是「異樣」的表情。
不僅說出來的話支離破碎，山本這副暴怒的樣子也非比尋常。我們全都倒抽了一口氣，田代甚至還向後跳了兩、三步，一年級男生則是躲進我身後。
我對著瞪著我的山本說：「我是說……我只是說：『說傻話的人不是妳』，怎麼會變成我無視於妳的存在啊？」
山本繼續沉默地瞪著我。
（啊，跟這個人說什麼都沒用哩！）

我和田代和一年級的男生都知道這一點了。

山本抓起書包，離開了社辦。我們全都目瞪口呆。

「搞什麼？她是不是腦筋有問題啊？」唉，別這麼說嘛……不過，我實在無法說出這句話。

「她會不會因此退社呢……要是她退社的話，我可得好好謝謝稻葉了！」

「少來了！我才不希望被她說：『稻葉學長欺負我，所以我要退社！』」

「到時候，我會站出來為學長辯護的！」一年級男生說。

「我也可以當證人！」

「好可靠啊……」

「真是的，莫名其妙嘛!!」我打電話跟長谷抱怨。

「她就是那個啦，《哈利波特：神秘的魔法石》裡面的妙麗啦！不對，她還沒有妙麗那麼可愛，感覺就像是妙麗變成一個更討厭的女生，就是黑暗妙麗吧。總之啊！她就是知道自己聰明，覺得全部展現出來就是……該怎麼說呢，算是一種表達方式吧。我總覺得她的隻字片語之中都散發出『你看，我很聰明喔。我比你聰明多了，你知道吧』的能量！」長谷在電話另一頭輕聲笑了，「挺可愛的女生嘛。」

「你喔～我知道啦，長谷，你能說那種女生可愛，是因為你確信自己比她聰明更多吧？」

「當然。」

「你就是這種人。」

「然後呢？你該不會像榮恩一樣，對那個妙麗說什麼『所以妳才會沒朋友』吧!?」

「我沒說啦——目前還沒。」

「可別那麼說喔。你也覺得那個女生是出了什麼問題才會怪怪的吧？」

「嗯。田代現在正在調查。」

「傳說中的情報狂嗎？」

「連你都會嚇到。」

「說不定我的某個地盤也在她的情報網裡咧。」長谷笑著說：「那我就期待畢業旅行回來之後，事態會好轉囉。」

「已經要去畢業旅行了啊？你們學校還真早。」

「為了讓大家靜下心讀書，就要提早結束大活動。這個月底要跑一趟歐洲。」

「歐洲？跑一趟？畢業旅行嗎？」

「法國、義大利、德國，是藝術之旅，我個人是還想再去英國啦。」

「那就去啊～」

後來，山本就沒來社團了。由於經常有社員請假，所以大家也都沒說什麼。老實說，社員們全都鬆了一口氣，我還得叮嚀田代不要開心得太明顯哩。

實際上，在現在這個時期，我們根本無暇去管不合群的傢伙。到第二學期的校內最後一場活動——校慶之前，大家都忙得不得了（畢業旅行是一月，要去滑雪）。校慶之前還有運動會、期中考，秋天則有很多ＸＸ主辦的△△展，或是○○大會什麼，為了參加這些活動，藝文性社團和運動性社團都相當忙碌。

英語會話社也在為校慶做準備，大家看著錄影帶決定要放映的片段、翻譯成英文，還要選角。負責表演的演員反覆練習，其他人則負責準備設備。同時，平日很照顧我們的外國人俱樂部「艾爾一九六〇」在「条東商」設了跳蚤市場，我們還得做報告，所以要做的事情已經堆得像山一樣高。

基本上是所有的社員都要參加，不過社長和社員們都偷偷地覺得山本「不參加也無妨」。一年級學生要替社員們拿來要在跳蚤市場擺攤的商品上標價、歸檔，活

動當天則要負責叫賣，所以當社長交代要是山本來了，就「隨便應付她一下」時，大家全都有氣無力地回答：「喔。」

坂口老師現在雖然作壁上觀，不過要是山本的缺席持續下去，他應該就會跟導師報告了吧。

我們把山本的事全權交給坂口老師和山本自己處理了。

看著中秋夜的月亮蹦蹦跳⑦

開始瀑布修行之後，有一件事情改變了。

在此之前，我都是在誦讀包著塑膠袋的神咒，換成瀑布行以後，就變成和秋音一起背誦了（一如秋音所言，我將神咒背起來了）。

然後，「心裡的眼睛」便可以看見比之前更多樣、更多變的東西了。

造瀑布的空間雖然被崖壁圍了起來，不過卻可以清楚看見天空，有時天氣晴朗；有時陰雨綿綿。在這片天空中，會出現各式各樣的東西，彩虹、光芒、透明的……鳥？還有雲變成馬群的模樣橫過天際；還有人影，模樣像是乘著雲？還是在飛？那是個平凡的人，外表看起來完全沒有恐怖的感覺，只不過是個穿著黑色大衣的年輕男子罷了。

我閉上眼睛誦讀神咒，可是卻覺得飛在遙遠彼端的東西看起來就在自己身邊。不對，應該用「遠方的身影感覺就在附近」來形容比較妥當吧。這種感覺十分有趣。

星期六早上。

瀑布空間的上空晴朗而清澈透明。

在唸誦神咒的時候，我忽然覺得上面有某種氣息，於是便抬頭仰望……我已經會在無意識地情況下這麼做了，當然，是用「心裡的眼睛」看。

青空中，五色的雲朵綿延其上，好幾十隻小白兔各自拿著芒草、小型神桌和酒瓶，快樂地行走著。

「喔喔，夕士也看到啦？」修行結束之後，我把這件事告訴秋音，秋音笑著說：「因為今天是滿月呀。」

「啊，原來如此！」為什麼我會覺得「原來如此」？那當然是因為月亮就是要配兔子囉。

「月亮配兔子的這種概念，在全世界都有喔。畢竟滿月和兔子都是代表『豐饒』嘛～在歐洲更是如此喔。」為我做出這番解說的人，正是詩人。他還真是懂得不少東西哩。

「中國的說法呢，在古代的中國，人們認為月亮裡住了兔子跟蛤蟆……這個嘛，大概是因為月亮上陰影的形狀吧。」

❼譯註：日本童謠〈小兔子（うさぎ）〉中的一句。

「哇～」

「在印度的話，還有名為月兔的神明呢。而且根據佛教說法，兔子是佛陀轉生到最後的模樣。」在這一方面，秋音的知識也很豐富。果然，神話和宗教都是和靈能力修行大有關係的吧。

「月亮還跟不死的概念有關喔。印度的月神蘇摩就擁有不死的靈藥甘露，竹子公主也有天人不死之藥。盈虧圓缺的月亮就象徵著死和再生，對古代的人們來說，月亮就是神之國度，住在那裡的人們也全都是長生不死的呢！」

吃過美味的早餐，我在涼爽的起居室裡聽著很有內涵的話題……很好命吧。

這個時候，從玄關傳來嘎啦嘎啦的聲音。那就跟時代劇裡會出現的拖板車發出的聲音一樣。

「啊，貨送來了！」

秋音站起身，我也跟在她後面。玄關上排滿了貨品，在大竹盤裡鋪的羊齒草上裝得滿滿的，就是閃著銀色光芒的秋刀魚！

「嗚哇！這是秋刀魚？我還沒看過這麼大尾的哩！」

「彈性十足！看起來好～好～吃～喔～～」

除了秋刀魚之外，同樣的竹盤子裡還放著數種類的香菇，以及一樣是我從未看過的大梨子——堆積如山。還有米、栗子、紅豆。

「一色先生，你看這個！這個秋刀魚！秋刀魚原來是這麼漂亮的魚啊！」

又大又肥，肉質又有彈性的秋刀魚沉甸甸地。

「哎呀，真棒！這就要拿來鹽烤了吧～鹽烤秋刀魚配米酒，真是日本的秋季呀！」

在興高采烈的詩人旁邊，琉璃子的白皙手指也興奮地扭著。最高級的食材當前，她一定也想大展身手吧。

琉璃子會怎麼料理這些秋刀魚和香菇呢？才剛吃過早餐的我，已經迫不及待地想趕快吃午餐了。

「好了，那我們就來做賞月的準備吧～～」詩人說道。

「準備？」

「要做年糕跟月兔示意呀。」

「那……這個就是糯米囉！」

用送來的糯米和紅豆做賞月年糕——這還是我第一次這麼做哩。連賞月……我賞過月嗎？

我跟著詩人來到倉庫，拿出杵和臼準備搗年糕。

「平常都是深瀨在搗的，不過我也不知道他今天會不會回來。今年就由夕士負責搗年糕囉！」

「是，我會努力的！」

生平第一次的搗年糕——我興奮不已。

各式各樣的好味道已經開始從廚房飄散出來了。高湯、醬油、味醂，以及烤魚的香味，讓我們全都為之傾倒，擦了好幾次差點兒滴下來的口水。

這時，一直不見人影的秋音出現了。她走進廚房，跟琉璃子說了一些話。

「琉璃子，那就麻煩妳囉，幫手馬上就會來的。」

「怎麼了，秋音？」

「我想利用一下難得敞開的洞。」

「？」

「每年，我們都是在這裡的緣廊賞月，不過現在浴池旁邊不是多了一個洞嗎？我去拜託房東先生，讓房東先生把那裡變成賞月的地方，就只有今天一個晚上。」

「變成……賞月的地方!?」

我還是搞不清楚秋音在說什麼。

「然後我想請一些客人來，把氣氛弄得熱鬧一點～」

「喔喔，不錯耶！妳要請誰來？」

「月野木醫院的病患。住院之後，他們就一直沒什麼樂趣～」

「呃……月野木醫院的病患不就是……」我說，結果秋音爽快地回答：

「不要緊，沒有那麼厲害的啦。」

月野木醫院是名副其實的醫院，然而在檯面下，月野木醫院也是讓身體、靈力受傷的妖怪住院、療養的「妖怪醫院」。

月野木醫院是鋼筋水泥的四層建築，病床數號稱四十張（其實好像還多一倍），擁有內科和神經科，總而言之，外表看來就是又舊又陰暗，是附近有名的「幽靈醫院」。所以，一般人是絕對不會去的。

來這裡的人，都是無依無靠的老人或是遊民，而且幾乎都是從別的醫院轉院過來的。別的醫院會把需要照顧的棘手老人和沒錢的遊民硬塞給月野木醫院，而那些人們也百分之百會在月野木醫院迎向生命的終點。月野木醫院因而有了「只要一進月野木，就無法活著出來」的風評，一般人也就更不會靠近了。

「哎呀，我們醫院是無所謂啦，反正主要客戶也不是人類。」秋音笑著說。

然而，來到月野木的人類病患，全都受到相當細心完備的照顧——不管是多難

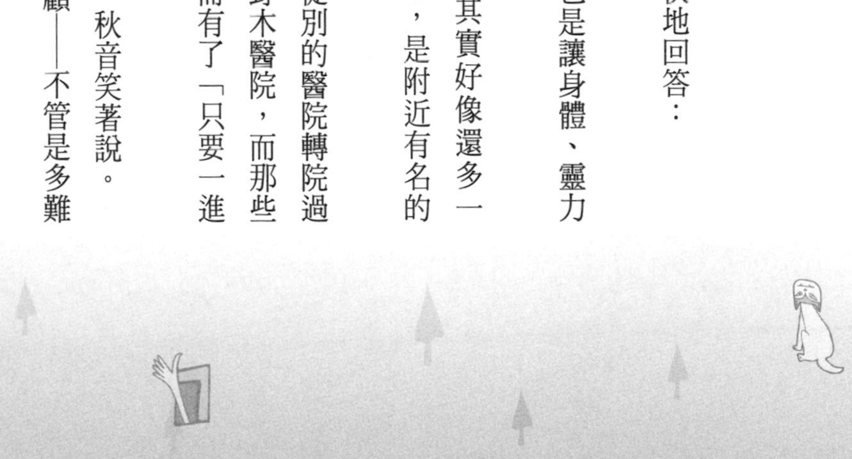

照料的病患，月野木的醫生、護士們都會不辭辛勞地看顧，因為月野木的工作人員全都是靈能力者或是「非人類」。光看只是去實習的秋音就知道了，無論是精力或是體力，那群人都不是蓋的。

老人們陷入不幸的遭遇而無親無故、無家可歸，最後孤零零地被趕到「死亡醫院」。可是，他們都知道這其實是「最後的幸運」。不用擔心錢，又能受到良好的照顧（不知道資金是由什麼地方提供的），老人們最後都能心滿意足地死去。

當中，似乎也有知道那間醫院不是普通醫院的病患，但是就算看到奇怪的傢伙在走廊上遊蕩，住院病患也已經能心平氣和地笑著說：「反正我已經沒多久好活，現在看到什麼都不會驚訝了啦。和之前那些過分的人類相比，這裡的人們全都是菩薩。他們的真實身分是什麼，根本無所謂。」說完便哀傷地瞇起眼睛。

「因為有很多人是被親戚和醫院當皮球踢來踢去，甚至是在自己家裡或醫院遭受虐待的。」

秋音的話中充滿悲傷。那些寂寞的人們被一般人捨棄之後來到了異質的空間，並在那裡得到了來自非常人的安慰。不過，普通人是壞人這一點還真有點可悲。但我想大家應該有各自的苦衷吧。

「就是知道有各種苦衷，老人們才會覺得『這樣就好了』。他們不會說：『我不要死在這種奇怪的地方』，只是一個勁地道謝。這正是他們領悟了人生和社會種種的證據。」詩人的話滲進我的內心深處。

「因為不管多麼殘酷的狀況，都是由複雜的原因、莫可奈何的窒礙、人類的弱小和悲哀交織而成的嘛。親眼看見、親身體驗或許會很痛苦，但是也有透過這種經歷才能到達的境界喔～～」

月野木醫院的外觀雖然老舊陰暗，在這棟鋼筋水泥的四層樓建築裡面，其實有一個相當廣大的中庭。那裡種了草皮和大樹，還有醫院養的貓、狗。

「天氣晴朗的午後，工作人員和病患會在陽光下津津有味地抽著菸，狗和貓也會在那裡遊玩，還有很多不是人類的東西交錯其間喔。但是，大家都非常快樂。」

在不幸人生的最後時期，因為這樣安穩度日而得到救贖的靈魂。

「當然，因為有強而有力的專家坐鎮，只要人一過世，他們的靈魂立刻就能好好地投胎轉世。雖然遺體是會被拿來用於各種用途……」

「啊，果然是這樣嗎!?」

再說下去的話，感覺話題會變得很恐怖，我還是別問了吧。反正午餐時間也快到了。

「秋刀魚！」

「秋刀魚、秋刀魚～～」

秋刀魚大得連平常盛魚的盤子都裝不下，除了肉質饒富彈性的鹽烤秋刀魚之外，還有秋刀魚生魚片、微炙秋刀魚全餐。以及……

「喔，是腸子呢。真不愧是小琉璃，真內行！」

放在詩人面前的小碟子裡的是茶褐色的秋刀魚腸。據說稍微加點酒和醬油，那個苦味就會變成非常下酒的珍味。

「酒、酒～～要喝哪一種呢～～」

詩人喜不自勝地挑選著一字排開的日本酒。

來到這間公寓之後，我學會了靈巧地吃烤魚的方法。先把魚立起來，輕輕地把筷子壓在魚背上。接著，只要把筷子插進魚背裡，就能輕鬆地將半身的骨肉分離。最後只要抓著魚頭拉一下，魚背的骨頭就會乾淨地剝離。

我在滿滿的白蘿蔔泥上淋上橘子醋，開始大快朵頤鬆軟的魚肉了！魚肉的每個角落都被均等的火候烤過，皮酥肉嫩；較為粗末的白蘿蔔泥則是非常甘甜。秋刀魚生魚片和微炙秋刀魚當然也都好吃得沒話說。

「好好吃！」

「幸好我是日本人！」我們邊笑，邊吃著。

「生魚片好嫩，油脂好豐美喔！」

「果然，當季的食材就是了不起呢～～味道出色極了！」

飯是蘑菇飯，吃之前要先和薑絲攪拌均勻。小碗裡放了煮過的山芋魚板和山芹菜。味噌湯裡裝滿蔬菜和納豆，飯後甜點則是冰得恰到好處的梨子。啊啊……秋意正濃呢！

就在我們滿心沉浸於用舌頭品味秋天時，院子裡開始出現嘈雜的氣息。

「啊，幫手好像已經開始準備了呢。」

我跟著秋音過去看了一下，發現十幾個「幫手」正在準備蒸籠、大鍋子，或是刨蔬菜皮。

「幫手」的身高莫約一公尺，又黑又圓的蛋形身材上穿著和服，手腳都細細的，感覺像極了房東先生的「親戚」。

幫手們隨著琉璃子的指示，俐落地默默工作著。

「不管是料理也好，年糕也罷，都得大量準備才行呢。」

環視全場之後，秋音滿意地點點頭。

琉璃子揮了揮白皙的手，彷彿在說：「交給我吧。」

「啊，對了，今天晚上藤之老師也會來喔。」

「哇，終於可以跟傳說中的妖怪醫生見面了呢，真期待呀！」

我曾經看過這名醫生做的「式鬼神」，跟活人幾乎一模一樣，那真是讓我起雞皮疙瘩。因為不管從什麼角度看，那都像是「活生生」的田代。

糯米蒸好了，我也差不多要開始搗年糕了。

「一開始呀，要像按摩一樣，輕柔一點。」

我遵循著詩人的指導，先從用杵揉著糯米一會兒……不過，這其實相當困難。我無法配合詩人翻年糕的時機，因而辛苦得不得了。

沒過多久，連腰都開始痛起來了。

「因為你沒有用腰力喔，夕士！」

「用、用腰力!?」

「就像你打工搬重物的時候一樣呀。」

「啊，喔喔。呃……」

在一番苦戰之下，我終於抓到竅門了，只是這個時候，年糕也已經搗好了。

「唉～我好不容易抓到竅門了說～」

秋音拍了拍我汗水淋漓的肩膀，說：「是嗎？太好了。還沒完喔。」

「啥？」

糯米一籠籠的蒸出來了。

「加油吧，夕士。我先去醫院一趟。」

「啊，等……咦？」

我茫然地目送秋音離去的背影。這次換詩人拍了拍我的肩膀：「來吧，夕士。沒時間休息喔。」

原來，搗年糕是連瀑布行都比不上的重量級勞動。

「來人啊！快點回來!!阿明先生！佐藤先生！」

我一面在內心哭喊，一面搗著年糕，究竟持續了多久呢？

「啊～辛苦啦，夕士。有勞你了～～」

詩人輕～描淡寫地宣告結束的時候，我已經倒在臼旁邊了。手臂、肩膀、腰和腿都麻痺了，我根本動彈不得！

「我死了……」就在我這麼說時，小圓探出頭來看著我的臉。

「喔，小圓……」

小圓歪著他小小的頭，然後把手上的黑色塊狀物塞進我嘴裡——這次連他自己

的手也放了進來。

「唔！」是紅豆年糕。這美味讓我跳了起來（以前好像也發生過這種事哩）。

「好好吃!!怎麼會這樣？」

富有彈性又入口即化的柔軟年糕，配上帶有些許鹹味的高級甘甜包餡，真是絕妙的組合。我疲憊的身體也彷彿被這軟嫩包覆，恢復了不少元氣。

幫手們熟練地把年糕揉成丸狀，包進紅豆泥餡、紅豆粒餡和栗子餡，做成賞月丸子。大鍋裡煮著看起來很好喝的湯。詩人舔著嘴唇說：

「聽說這是鮭魚香菇濃湯。裡面滿滿都是鮭魚、香菇和小芋頭喔。哎呀，賞月的時候也要吃一下芋頭呢。」

「是喔。」

「因為是月亮嘛，就要吃又白又圓的東西。據說以前人們還會做芋頭丸子。」

「哇～」

「好了，夕士就先去洗澡，消除疲勞吧。」

「是。」

「別在浴室裡睡著囉。小圓寶貝～你也一起去洗澡。要是媽媽打瞌睡的話，要把他叫起來喔～～」

「呃，我不是媽媽啦。」

「對了，爸爸呢？」

「長谷現在應該參加畢業旅行去歐洲了。不是啦，他不是爸爸。」

「是喔，真可惜。你很想跟他一起賞月吧？」

我點點頭說：「真的……有點可惜。他一定會說比起歐洲旅行，這裡好多了。」

「今天怎麼啦，很熱鬧呢。」

我回去房間換穿衣物的時候，富爾突然出現在桌上。

「是賞月晚會。」

「喔。那真是棒。崇拜月亮的儀式存在於古今東西，和魔法也有很深的淵源。尤其在滿月的日子，可以提高靈力，請主人今夜一定要好好沐浴在月光下。」

「嗯、嗯、嗯。」

「主人的靈力提高，我們的靈力也會跟著提高……」

「對了！」

「啊？」

「我根本不用拚命做這種事，早知道就叫萬能的精靈金出來幫我搗年糕了！啊，對嘛！原來還有這個方法！」

看著抱頭懊悔的我，富爾冷冷地笑說：

「嗯，是可以。不過，身為魔法師的人這麼使用妖魔的話，就有點那個了。」

我泡在溫泉裡，一恢復體力，肚子就餓了——幾乎到了餓昏頭的地步。真是單純的身體。

夜幕低垂，幫手們開始把製作完成的大量餐點搬到地下室去。

「好啦，我們也去吧。」

詩人抱著精挑細選的五瓶日本酒，還讓我也抱了五瓶。這個時候……

「我……我回來了～～～」

拖著狼狽的身子回來的，是舊書商。他是一名為了追逐著古今東西的奇書珍本而跑遍世界各地的男子，有點詭異，而且好像沒有國籍。真實身分是操縱魔法書《七賢人之書》的BOOK MASTER，我的「前輩」。

「舊書商!?我還在想你怎麼突然不見了呢。你上哪兒去啦？哇，很臭耶！」

他平常穿的那套牛仔裝束沾滿了泥巴，頭髮也亂糟糟的，鬍碴比往常長了一倍，怪異的程度更增加了五倍。

「有急事到了印度去……讓我吃點東西……」

「正好。我們現在正要開始賞月晚會喔～～」

「果然如此。太好了，我趕上了……」

「？」

「你先去洗澡啦。再怎麼說，這副模樣實在太……」

「我現在實在沒有那個力氣了。」

舊書商癱坐在玄關。

「那夕士，你帶他去洗澡吧。」

什麼!?這該不會就是復仇的好機會吧!?

「交給我！我會讓他好好洗個澡的!!」

平常總是「被抱去」洗澡的我，滿心想的就是現在是「報仇」的機會，可是我為什麼沒想到「妖怪公寓」的居民根本不可能這麼好惹呢?我這個白痴。

「耶，真～開心！要幫我從頭到腳洗乾淨喔！」

我被抱上來的舊書商壓倒在走廊上。

「哇！」

「呼～夕士，你身上有肥皂的味道呢～」

「喂，好重！鬍子好扎……唔，咳咳！怎麼這麼臭啊！你跑到什麼地方做了什麼好事啊！」

看見地下溫泉的牆壁上多了一個大洞，另一頭還造了瀑布，舊書商哈哈大笑。

現在，圍著瀑布的岩壁上又多了一個剛才還沒有的洞。這個洞的另一邊則是一片廣大的芒草原。

「哇……真厲害……好漂亮！」

深藍色的天空中，掛著一輪巨大的滿月。在金碧輝煌的月光照射下，芒草原成了銀色的波浪。簡直就像是畫中的景色。

幫手們正在裡面做宴會的所有準備。小神桌上供奉了神酒、丸子和蔬菜，還插了秋季的花。餐桌上鋪有山茶花色的桌巾，堆積如山的餐點之間毫不矯飾地裝點了連殼帶毛的栗子和橡果等秋季果實，碟子和碗上全是兔子圖案。香噴噴的味道從灶上的大鍋子裡飄出來。

「真是棒……！完美無缺了呢！」詩人讚歎。我也真的要對琉璃子的餐點淋漓盡致的細膩和感性脫帽致敬。

這個時候，不知道從哪裡出現的三台休旅車緩緩開了過來。秋音從休旅車上走了下來，說：

「月野木的大夥兒來囉！」

跟在秋音身後從休旅車上下來的，是好幾個穿著白衣的工作人員，以及纏滿繃帶的木乃伊、體毛異常濃密的傢伙、在晚上戴著墨鏡的傢伙，以及勉強裝成「人形」的東西，一看就知道是妖怪大集合。

不過，其中也交雜著幾個怎麼看都是一般人的老爺爺、老奶奶。大家看起來都很高興，看到宴會地點之後，大家更是歡聲雷動。

「謝謝各位招待我們過來，這個宴會地點真棒。」

「哎呀呀～藤之醫生，好久不見了。」和詩人握手的，是一個年約五十多歲的纖瘦紳士。

「藤之醫生……靈能力者……」不過，他看起來更像是「學者」，是個非常像「醫生」的理科中年紳士。我本來還以為來的會是一個像超然世事的和尚的人，沒想到他竟然就是一副醫生的樣子。

「夕士，這位就是藤之老師喔。」秋音替我介紹。

「初次見面，幸會。」

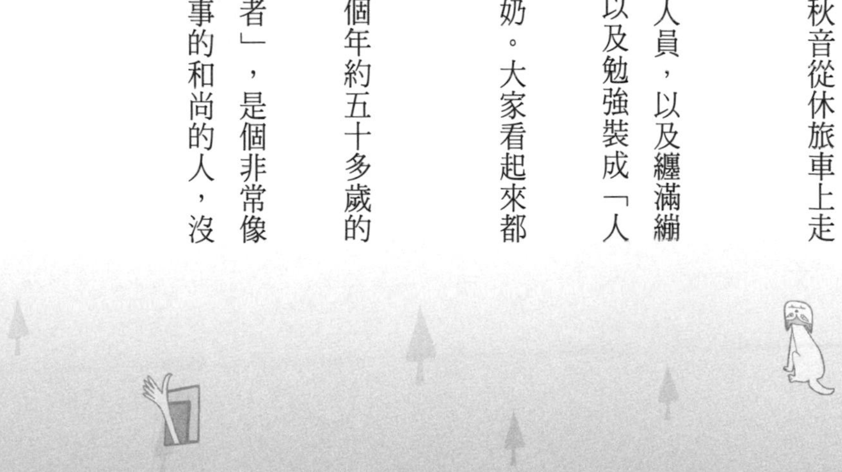

「是，我是稻葉夕士。請多多指教。」

藤之醫生瞇起了很有氣質的眼睛，說：「這個孩子就是那位魔書使呀？」

「夕士很努力喔。」

「真可愛呢！」

「…………」我好像完全被當成小孩子了？

「哎呀，藤之醫生，久違了。」

「喔，這不是舊書商嗎？」

這個人會結引、操縱式鬼神嗎？真是無法想像啊！

一邊欣賞著宛如白天一般明亮的滿月，我們一邊品嘗著美味的餐點、喝著好喝的酒。撫過發出銀白色光芒的芒草草原而來的風有點涼，不過鮭魚香菇濃湯那溫柔的味道和溫度卻包裹住我的身體。

「這個秋刀魚握壽司真是一絕呢！」

頻頻和詩人、舊書商互相敬酒的藤之醫生，心情非常愉快。真的是不管怎麼看都是醫生（而且還穿著白袍）。病患們也都享受著壽司和丸子，感覺十分幸福。

「啊，真是令人感激。」

「多麼美麗的月亮呀。」

「力量都湧出來了。」

「真是好吃，這年糕真是好吃。」

「各位，酒不要喝太多喔～～」

「住院的病患只有這些嗎？」我問秋音。

「不是。當然也有人沒辦法來這裡，還有一直沉睡的人。今天晚上，醫院的中庭裡也有賞月活動喔。」

「幸好我是負責這裡的，沒想到還有酒可以喝哩。」

其中一名工作人員這麼說完，大夥兒全都笑了起來。這些不管怎麼看都像是普通男護士的人，也是靈能力者？還是非人類？真是不可思議啊。妖怪醫院竟然就這麼堂而皇之地存在，還有人領錢在裡面工作。

「哎呀，真是可愛的孩子。」看著吃了滿身餡料的小圓，其中一名病患——看來是個人類老奶奶——嘆了一口氣。

「小圓～你喔……」我用濕毛巾擦了小圓的手和臉，「你吃了幾顆丸子啊？會吃壞肚子喔。」

老奶奶笑咪咪地看著我們，問我：「是你的孩子嗎？」

「呃，不，不是。」

對面的秋音「噗哈」的笑了出來。

「真的好可愛喔。」

「嗯，對啊。」看著小圓的老奶奶，眼睛上浮現一層薄薄的淚水。

「……您還好嗎？」

「嗯……真討厭，我回想起過去的事了。」老奶奶伸手摸摸小圓的頭。她的手就跟枯木一樣細瘦。

「要是能生下一個這麼可愛的孩子……我的人生一定也會有所不同吧。」

「……」

對了，月野木醫院裡的人類，全都是無親無故的人，看起來這麼平靜的老奶奶，應該也度過了困苦的人生吧。小圓靜靜地走近老奶奶。老奶奶稍顯驚訝，然後便愛憐地抱起小圓，彷彿在抱寶物一樣。

「因為不能生小孩，我憎恨過神明無數次。我因此被趕出夫家，也無法回到故鄉，真是寂寞悲慘的人生啊。」

大顆的眼淚從老奶奶的眼睛裡溢了出來。可是，我覺得那淚珠看起來好美，就像是珍珠一般。

「但是到了最後，我還是能夠這麼享受。溫柔親切的人們成了我的家人，還辦了這麼棒的賞月宴會……」老奶奶抬起臉看著我，表情有如菩薩一般安穩慈祥。老奶奶抓住我的手說：「謝謝。」

「啊，別客氣。」

「也謝謝大家。」

老奶奶握著我的手，對大家鞠躬，說：

「我隨時都會死，所以各位能讓我在這個時候覺得很幸福，我真的很感激。託各位的福，連我這種人也能投胎轉世了。」

「……啊！」

老奶奶的身體變透明了，身體的輪廓發出朦朧的白光。

「受您照顧了，醫生。」

「後會有期囉。」藤之醫生舉杯。

「再見。」秋音和其他的工作人員也揮揮手。老奶奶點著頭，她的身體散發出來的光芒越來越強，最後就在我眼前變成一團光霧，飄上天空消失了。

「……」我呆若木雞，小圓也很驚訝。

「哎呀呀，阿初還真是性急。」

「那我們也走吧。」人類們從病患之間紛紛站了起來。

「嗯，走吧。」

「承蒙各位照顧了。」

「我還會再轉世投胎的。」

「希望下次能活得輕鬆一點呀。」

人類們和妖怪說說話、跟工作人員打了招呼之後，一樣變成光團消失了。

「……原來他們是幽靈啊！」

「是今天過世的人們喔。太好了，能在最後一刻讓他們留下美好的回憶。」

「……」

整個天空都充斥著月亮的神秘。彷彿前往傳說中不死天人居住的國度一般，老人們的靈魂被天空吸了進去。

「天國果然是在天上呢。」

「如果你這麼想，天國就在天上囉，就像月亮的靈氣化成兔子形狀一樣。」

原來如此，老奶奶他們覺得自己可以去天上國度了。

太好了。

月神的巫女微笑

「藤之老師，該回去了喔～～」

做好回去的準備之後，秋音便跑來叫藤之醫生。然而，和詩人他們坐在一起的藤之醫生卻開心地搔搔頭說：

「秋音，妳先回去吧。我還要再坐一會兒，喝喝這瓶『十四代』～」

「喔～真是拿你沒辦法耶。」

「不要緊的，我好久沒喝到這麼好的酒了嘛～」

這個跟小孩子一樣嘟起嘴巴的人……真的是靈能力者嗎!?

無法想像！我無法想像！

「哈哈，因為這種人平常都在節欲嘛。偶爾喝一下，就會更覺得酒好喝了唷！」

「咦，這也是修行嗎？」

詩人搖搖頭說：「靠修行節欲，這才是完全在修行，對吧？藤之老師。」

「對呀。因為我們已經完全學會四兩撥千斤了嘛。術師當中，也不乏只靠水和鹽就能活下去的人喔。」

「哇！舊書商，你也是這種人嗎？這倒是完全看不出來……」

「完全看不出來這句話是多餘的。」

舊書商一面抽菸，一面吃著金芝麻拌醃沙丁魚下酒。

「假使一無所有，我也能過一無所有的生活喔——只要有某種草藥啦，就算一個月不喝水也活得下去。」

「真強！是從植物攝取水分嗎？跟陸龜一樣耶！」

「你這算是在稱讚我吧？」

「但是啊，節欲的術師也只有一部分而已，我們不見得一定是這種類型。」

「沒錯、沒錯。我就想每天吃美食、喝好酒。沒吃飯的話肚子會餓，也會疲勞。」

藤之醫生和舊書商這麼說完，又開始津津有味地喝起酒來。

「對了，你這次去印度也是沒吃沒喝吧，舊書商？」

「對啊！搞成那副弱不禁風的狼狽模樣，你到底做了什麼啊？」

「呵呵呵……」舊書商發出詭異的笑聲，然後說：「我本來也不信那種東西，不過情報突然從值得信賴的管道流了進來嘛。」

「？」

「聽說是人家調查了某本古書之後，偶然知道了那個流傳下來的地方。雖然現在還不知道那個是不是還在那裡，不過只要地點確定了，就有可能是真貨。」

「？」

「然後呢，就有人來委託我了，要我去確認那個是不是真貨。如果是真貨，就代表那本古書也是真的，這麼一來客戶就滿足了。我的報酬，就是那樣物品。」

「是什麼呢？」

唰！舊書商指著放著供品的小神桌。那裡不知道何時居然多了一個小容器。

「月神蘇摩的靈藥『甘露❽』。」

「咦～～？」我和詩人、藤之醫生異口同聲地發出疑問的聲音。

「『甘露』……不是被稱為不死靈藥嗎？」

「不能說完全不可能，不過不死幾乎是幻想啦。」藤之醫生猛然弓起肩膀。

「好、好、好。別說這種話了。」

舊書商把那個容器擺在我們面前。容器高十公分，形狀類似藥瓶，是個有點髒的陶器。

「據說要經歷過滿月的儀式，甘露才能稱為『甘露』，所以為了趕上今天，我可是拚上老命了喔。在亞洲一帶，有很多關於月亮的祭神活動，不過既然要做的話，我是覺得還不如來這裡的儀式，重點是因為要食物啦！」

「所謂滿月的儀式，就是這個宴會？」

「嗯……但我們跟『祭神活動』不太一樣耶。」詩人和藤之醫生都露出苦笑。

「總之累死我了……！」

舊書商用力地嘆了一口氣之後，開始大喊：

「為了這玩意兒，我可是去了一個超級鄉下地方！超級鄉下！超級落後！有叢林、有山、有谷，車子一開就熄火，橡皮艇還破洞！給我先進一點好不好，印度人!!」為了傳說中的寶藏前往秘境，這簡直就是電影『印第安那瓊斯』嘛！你應該是「舊書商」吧!?

不過，真實版印第安那瓊斯並不像故事那麼浪漫。

舊書商費盡千辛萬苦，好不容易抵達了古書上記載的地點，可是據說那個地方將神明靈藥『甘露』傳下來的行者早就死了，知道一點點傳說的，也只剩下一個老太婆。那個老太婆的認知程度，也只有「這麼說來，好像有這麼一回事」而已，舊書商還花了大量的時間和勞力（用酒、點心和首飾誘惑她），才讓老太婆回想起靈藥放在哪裡。結果，她最後想起來的地方是置物架上面。

「真是一點靈氣都沒有的地方啊！不是放在祭壇嘛！」我們全都哈哈大笑。

❽編註：原文為梵文，發音為Amrita。

「真的是～我當時實在不覺得那是真貨，可是當我一說我想要，那個老太婆立刻獅子大開口，跟我開出那一帶的平均年收入十倍左右的天價耶。」

「哈哈哈哈哈！」

「受不了，實在是太會精打細算了！」

「在雋永的浪漫、神明的榮光、時代的洪流之前，那點錢也只不過是滄海一粟！」

我們笑得東倒西歪，連眼淚都流了出來了。說到印度，大家的印象就是信仰深厚的人們的國家，原來還是有現實的一面啊！

「那是一回事，但這個是真的嗎？」詩人興致勃勃，塗鴉似的眼睛骨碌碌地轉著。舊書商的圓框眼鏡閃過一道光芒，說：

「難得藤之醫生同席，所以我想請你確認一下。」藤之醫生一邊喝酒，一邊挑起了單邊眉毛。

「『沉睡的月之子會充滿神聖的白色圓盤，進而甦醒』，意思就是要讓甘露充滿神聖滿月的靈力，這條件已經達到。如果是真貨，應該就會發揮靈藥的靈力。」

舊書商露出「專業」的表情。事情的發展還挺浪漫的嘛!?我有點緊張。

藤之醫生哼哼笑了。

「好吧。」

藤之醫生放下酒，伸直背脊。他也露出和剛才完全不同的表情了，彷彿現在要開始進行一場難度超高的手術一般。

藤之醫生的雙手結了某種印，同時開始唸誦咒文。

（……英文？是英文！）

他唸得很快，又摻雜了很多專門術語，我完全聽不懂，但那的確是英文。

（沒想到會是英文哩，我還以為一定會是佛教語。）

結了印的藤之醫生手中，洩出了金色的光芒。藤之醫生攤開手之後，一個魔法光圈便出現在他的雙手之間。

「嗚喔……！」

我探出身子。金色的魔法圓圈在他的雙手之間飄浮著，正好就像是魔術的「飄浮的一萬圓紙鈔」一樣（藤之醫生，不好意思，用這種方式比喻）。

魔法圓圈有三層，外圍的兩個細圓圈上，寫了各式各樣的記號，中心的大圓則是空白的。藤之醫生將那個魔法圈蓋在裝了甘露的容器上。

結果，魔法圓圈空白的部分開始一一浮現文字，就跟用電腦打字時文字出現的狀態一模一樣。

「就是那個喔，夕士。」舊書商說：「你看過『駭客任務』吧？裡面不是有並排在電腦螢幕上的數字到了母體，就會變成立體影像的場景嗎？」

「是。」

「魔法圓圈中一一出現的文字，就是這個靈藥的來歷。這個魔法圓圈可以讀出物品擁有的歷史。」

「讀出……物品的歷史!?」

「這就是『記憶感應術』。藤之醫生使用的則是高級版，他可以立體地看見那些文字。」

「哇～～～！」

我現在是還摸不清頭緒，不過總而言之，你使用魔法的樣子實在太帥了，藤之醫生！

看完靈藥的歷史之後，藤之醫生的表情變得有點僵硬，說：「……看來這個是真貨哩。」

「什麼!?」我們全都大吃一驚。

「所以……這真的是不死靈藥！真的假的？」

「不能說是不死……不過上面確實是施了『長命咒』。活得最長的人……大概是八百歲。」

「八百歲。」

「簡直就是『八百比丘尼』呢。」

「能夠活上八百年，就已經算是不死啦。」

「那個人就是你見過的老太婆喔，舊書商。」

「啊～？」舊書商瞪大眼睛。

「是她把這個藥帶出來的，她原本應該是蘇摩神神殿的巫女吧。」

「那還真的是八百比丘尼哩。」詩人笑著說道。

我記得「八百比丘尼」好像是吃了人魚肉而不老不死的尼姑嘛。

「是之前的術師為了不讓這個藥流於惡途，命令她保管的。」

藤之醫生的眼睛彷彿看著出現在魔法圓圈上的文字的另一端。那裡是不是有文字組合成的立體影像呢？我也想看看。

從覬覦不死靈藥的惡徒手中逃脫的蘇摩神巫女，一邊守護著靈藥，一邊四處流浪，並用藥幫助人。靈藥上施的「長命咒」，也具有治癒重病、重傷的功效。有時候，她還會用一小滴靈藥跟有錢人換取大量金錢，這些錢也是拿來救人的。

「其中一個這類型的傳說，就留在古書上。」

時代變遷，人們不再相信「蘇摩神的不死靈藥」，巫女也終於能安頓下來了。偶爾碰到一些追溯著不知道留在什麼地方的傳說而來訪的狂人，她便說：「喔，好像是有那麼回事。」隨口打發他們。

現在這個時代，已經沒有那種為了不死靈藥殺紅了眼，不惜殘害人命都要得到靈藥的傢伙了。又不是電影、小說，就算有……

「看來已經沒了。」藤之醫生苦笑說。

「在這八百年用光了吧。」詩人也笑了

「什麼？」舊書商的瞳孔縮成一個小點。

「我記得有啊……」

藤之醫生關上魔法圓圈，拚命忍住笑。舊書商一把搶下容器，扭開了用蠟封住的蓋子。

「……沒了！剩空瓶!!」

「哇哈哈哈哈!!」藤之醫生和詩人瘋狂大爆笑。

「你被蘇摩的巫女將了一軍呢，舊書商！」

舊書商氣得發抖。

「那女人居然裝出一副什麼都不知道的樣子……！什麼『哎呀，這是那麼有歷史價值的東西嗎？那就稍微多給一點兒吧』啊！竟然敲詐了十年分的年薪，那個混帳老太婆!!」舊書商對著滿月大吼。

「薑是老的辣！」

「還是八百年的老薑呢!!」我們笑得東倒西歪。

蘇摩的巫女應該裝出一副什麼都不知道的樣子，把空瓶子賣給很多收藏家吧。不管是裡面空無一物，或是靈藥沒效，大家都會死心，覺得不死果然只是傳說。這是她看透一切之後演出來「戲碼」。

「真有一手啊，老奶奶。」

我打從心底敬佩這位豪爽的老人家將近八百年的人生。八百年，光是活著就很累了吧!?

「沒錯。不老不死是需要天賦的喔。」藤之醫生說：「平凡人沒辦法填滿那麼龐大的時間。活得越長，就會清楚流逝的時間無限。不達觀的人，是沒辦法當長生者的。」

說了這些話的人，才真的讓人無法度量他現在的年齡哩。

「喔？」

舊書商發出奇怪的聲音。他把小碟子放在我們眼前，傾倒裝了靈藥的容器。

結果，一小滴靈藥落在小碟子上，連一點聲音都沒有，那就跟小圓的小指指甲差不多大。

用食指沾了一下之後，連有沒有沾到都搞不清楚的靈藥在指尖發光。我們四個人無言地舔了一下，無臭無味。

「各位覺得……我們的壽命……延長了嗎？」藤之醫生歪歪頭。

「嗯……大概七個月左右？」

「…………」

「噗哇～～哈哈哈哈哈!!」

「七個月！有差嗎～～」

不中斷的大爆笑，讓我們全都抱著肚子在地上打滾。

「啊，笑過頭了，真不舒服。」

丟下還打算繼續喝下去的大人們，我回到房間。

我把甘露的容器放在桌上的「小希」旁邊。

「喔？又是一個散發出特殊靈氣的物品呢。」富爾出現在容器旁邊，他和瓶子正好一般高。

「聽說是印度月神蘇摩的不死靈藥。」

「呵呵，沒想到是不死靈藥呢。可是主人……」

「嗯，裡面已經沒有了。不過，他們說倒過來搖一下的話，應該還會有一滴，所以就給我了。」

「人是不可能不死的喔。」富爾聳聳肩。

「對啊！」

從房間的窗戶，也可以看見美麗的滿月。

告別痛苦的人生，飛向天國的人。

務實、堅強地度過八百年人生的人。

「我……又該怎麼活下去呢？」

發生太多出乎意料的事情，導致我根本想像不到接下來的人生會怎麼樣。就算已經訂下目標，我還是覺得會發生什麼大事，讓一切走樣。

「不過……沒關係。」

沒關係的，我這麼覺得，就這麼想吧。這麼想的話，事情就會是這樣。我擁有非常多能讓我堅定信念的王牌——那些支持我的人們、妖怪們。

「所以，至少要把目標訂清楚才行。嗯！」我點點頭。然後，我對著滿月發誓：「我的第一志願是：公務員！第二志願是：在穩定的公司當上班族！要好好加油啦！」

不管發生多麼艱苦、困難的事，我都要務實、堅強。真是個讓人振奮、讓人可以好好思考「生存意義」的中秋之月呢。

通往地獄的道路是用善意鋪裝的

每個班級在校慶的時候，也必須策劃活動。

即便有普通科，条東商還是商業學校，所以每個班級出的攤位，「模擬商店」佔了壓倒性的多數。餐飲店當然不用說，販賣學生自己加工的商品的精品店和雜物商店，還有雜貨店和水果店，都因為價格便宜的關係很受客人歡迎。其餘就是像「有贈品」之類的遊戲店，用心的班級甚至還準備了「釣魚池」。

「接下來……」我們二C的導師千晶直巳打了一個大大的哈欠之後，對班上說：「今天就來決定一下校慶的相關事項吧。」

班長和會議紀錄走到前面。

千晶來到教室後面（我和田代的正後方）之後，便「嘿咻」了一聲，跳上置物櫃上面躺下。置物櫃上面大多放了男生們的書包或是社團用具，千晶橫躺在上面，拿書包來當枕頭還有腳墊，沒多久便發出輕微的鼾聲。

「喂喂喂～～」

「千晶累了嗎？」班上發出了窸窸窣窣地笑聲。

「真是受不了我們班導耶。」

「唉，我的柔道服變成墊腳的了……」

「呃，那麼，還有沒有人對校慶的出攤有意見？」

雖然現在導師等於不在，班上還是嚴肅地進行討論。咱們班的班長真是優秀。

「老師在這個時期也很忙嘛，更何況千晶還兼任訓育老師。」

千晶的睡臉上留著鬍碴，臉色也有點差。現在這個時期，學生們全都幹勁十足地準備著校慶。在這種氣氛的煽動下，不良學生也漸漸地開始行動了。學校內外經常發生暴力事件，在學校裡抽菸、嗑藥的白痴也增加了，老師們全都忙著監控他們、幫他們擦屁股。

「不過呀，今年惹事的學生好像比去年少很多了喔。」田代說。

「喔～這果然還是因為千晶的手段厲害嗎？」

「好像是。畢竟千晶會先跟可能惹是生非的學生變成好兄弟嘛。」

「……原來如此。」

不管再怎麼壞，要是跟千晶成為好兄弟，也會覺得不要做出讓千晶困擾的事吧。這算是那些傢伙「訴諸情面」吧。

「千晶的睡臉真可愛。」田代拿起手機。

「喂，別這樣啦。」

我阻止她，就在田代按下快門的瞬間，千晶的雙眼猛然睜開。

「啊！」

「禁止帶手機到學校。」千晶指著田代的手機，只說了這句話，就繼續夢周公去了。

「……是。」田代應該嚇出了一身冷汗。

對了，在「可敬的」縣教育委員會宣告下，縣內的國小、國中、高中校園裡，都不准學生攜帶手機。真是愚蠢的公告啊！現在這個時代，怎麼可能叫高中生上學不帶手機？我眼前就有個傢伙整天拿著手機不放了。在条東商，要是發現學生攜帶手機到學校，手機就會被沒收，但是手機還是會在當天物歸原主；而且就算老師看到學生在用手機，只要不是在課堂上，也不會一支支沒收，因為太麻煩了。

就這樣，縣教育委員會發出的可敬公告便光明正大地有名無實化了。唉，真是無聊～連沒有手機的我都這麼覺得。誇張地頒布一些不切實際規定的縣教育委員會和只在形式上遵守的条東商，全都蠢斃了。至少，条東商應該是這麼覺得，所以千晶才會放過帶手機的田代。

「我也無法想像這個老師會乖乖遵守這種規定哩。」就在我一面這麼想，一面看著千晶的睡臉時……

喀嚓！

「!?」田代居然拍我。

「標題：用熱烈的視線看著導師的高中男生。哇，感覺好像AV的標語喔！真悲哀，導師不是女的。」田代哼哼笑著。

「妳這傢伙……不要給我太放肆！手機拿來，我要沒收！」

「不要。」

「後面的！從剛才開始就在吵什麼！」

最後，二C的活動定案是「射擊遊戲」。

進入十月，比校慶早一步開始的運動會，出賽項目也決定了（我負責跳高）。秋季的校園氣氛更加熱鬧了。

「啊，稻葉同學。」

在走廊上和女孩子們說話的青木叫住我。青木對女孩子們說：「等一下喔。」女孩子們便猛點頭，並排站著等青木。

青木稍微壓低聲音，對我說：

「我聽說稻葉同學家裡的情況了，你過得很辛苦耶。」

「……嗯。」

「稻葉同學，你真的很努力。你的父母親一定會很高興的。」

青木對我露出了充滿慈愛的笑容。

然而，我卻不假思索地露出苦笑。

我是過得很辛苦沒錯，就某方面來說，我也真的很努力，可是也輪不到妳這個什麼都不知道的人來說吧？

「我雖然不是你的導師，但也是英文老師，要是有任何問題，你都可以來找我商量，不要客氣。無論何時，我都願意聽。」

「是……謝謝老師。」

「辛苦的人不只是稻葉同學而已喔。有很多人都非常努力，不向不幸低頭。你絕對不是孤獨的，一起加油。」

青木心滿意足地點點頭，然後便回到如同等待主人歸來的小狗一般，乖乖地等著她的女孩子們中間去了。

「辛苦的人不是只有你。」

「你絕對不是孤獨的。」

「她到底想表達什麼啊？」

青木說得確實沒錯，不過要是泛論也就算了，怎麼會對著當事人說這種話啊？我根本沒有怨過自己辛苦或是孤獨啊！

這一瞬間，我突然覺得青木溫柔優美的笑臉很令人火大。

「喂，稻葉，你能不能聽我們說……」

我在教室裡看書的時候，田代、櫻庭、垣內這團吵鬧三女組一一走了過來。

「怎麼了？」

「剛才啊，我們跟千晶在走廊上說話，然後青木老師來了……」

田代他們在教職員辦公室前面抓住千晶，和他聊著一些無聊事。結果，青木跑來說：「田代同學。」

「啊，是？」

「稱呼千晶老師的時候，請記得在他的名字後面加上老師。」青木帶著笑容警告田代。

「呃……是，知道了。」

「還有，千晶老師。」這次，青木看著千晶說道。她的表情很平靜，但是卻沒有笑容。

「請不要無意義地觸碰女學生的身體。」

「？」

吵鬧三女組嚇了一跳，恐怕千晶也是。那個時候，田代就跟平常一樣用自己的手勾著千晶的手，不管對方是誰她都會這麼做。當田代注意到青木這句話是在說這個舉動時，趕緊鬆開了手。

「不、不是啦。青木老師！不是千晶、不是千晶老師主動勾我的，是我！我勾他的。主動勾他手臂的人是我！千晶老師沒有錯啦！」

然而，青木對田代說：

「妳沒有錯喔，田代同學。錯的是沒有拒絕妳勾手的千晶老師。」

「啊？」

「男老師和女學生手勾手，輿論會先批評的是女學生。就算是田代同學主動，

身為老師，應該要為了田代同學著想而斷然拒絕才對。是這樣吧，千晶老師？」

她的口氣雖然輕柔，但卻堅決、固執，要強迫別人接受。

「噢……多謝指教。」千晶搔搔頭。

「可、可是……」

田代看著青木和千晶，不知道自己該怎麼辦才好。青木便輕輕地把手放在不知所措的田代肩膀上。

「不要緊的，田代同學，因為妳什麼都不懂。負責教你們這些事的，就是我們這些老師。」

「……」

「還有，稱呼男同學的時候，也要在後面加上『同學』喔。直呼別人的名字是非常不禮貌的，這是社會的常識。等到出社會之後，就會變得很麻煩，所以還是從現在開始養成習慣吧。」

「……是。」

當場，田代只能這麼回答，櫻庭和垣內也跟著點頭。青木滿意地點點頭之後，才走進教職員辦公室。

「你覺得怎麼樣啊，稻葉同學？」

我苦笑著聳聳肩。

「啊，千晶的反應也跟你一樣！」

「我覺得啊，青木老師真的很替小田著想，超感動的。」櫻庭說。不過，當事人田代似乎不能接受。

「妳真的這麼想喔，小櫻？可是……我反而覺得一肚子火！」

「為什麼？」

「……嗯，就是……我也不曉得。」

「她確實是替我們著想吧。」垣內歪著頭說道。

「對吧？明明是小田自己黏著千晶老師的，青木老師卻沒有罵她，還說被人批評的會是小田。要我們從現在開始不能說『稻葉』，要說『稻葉同學』，也是為了不讓我們在出社會之後吃虧吧？」

櫻庭不知道田代為什麼覺得不好，田代也不知道自己在不滿什麼。

「是嗎，稻葉？是這樣嗎？」

我能了解田代感受到的不對勁是什麼，因為我也感受到了。

「青木說的話是正確的。」我說。

「咦？」

「看吧。」

田代的臉色很難看，櫻庭則非常高興，垣內只是「嗯」了一聲。

「可是，正確的話不見得在所有場合、所有時機都是正確的吧。」

「嗯？」

「田代，妳啊，雖然會直接叫老師千晶，也直接叫我稻葉，可是卻沒有直接喊社長江上，也不會在打工的地方亂喊店長的名字吧？」

「不會啦，廢話……嗯？」

「現在就辦得到這一點的人，怎麼可能在出社會之後還直呼公司的同事、主管的名諱呢？」

「對呀！我也這麼覺得。」垣內也說。

「咦？那我……意思就是說，我被看成什麼都辦不到的人了？我生氣的原因就是這個嗎？」

「青木老師其實是瞧不起小田？」

「不，青木說的話也沒錯，而且也是為了妳們著想，只不過不符合妳的情況罷了。」

「嗯～～」

吵鬧三女組各自將雙手交叉胸前。看來要改變看待「正確」的角度很困難吧。

「青木她看見了妳人格的其中一面。不過，只看到妳的一面就妄下定論，妳才會生氣。」

如果是嗟嘆雙親不在的孤單和辛苦的人，應該會很感激青木的體貼吧。但我不是，然而青木卻不分青紅皂白地將失去雙親的孩子為了自己的孤獨和辛苦自怨自艾這個「框框」強行套在我身上。她從來都沒跟我談過，也完全不了解我，只是打從一開始就覺得我是那樣的人。但其實我不是那樣的人，便因此產生反感。

「是嗎……青木老師並不是真的為我著想……這只是泛論？」

「沒錯。因為她大言不慚地說是為了田代著想，櫻庭這傢伙才會上當。」

「是喔？」櫻庭吃了一驚。

「至於手勾手這件事，要我這個男生來說的話，跟女學生黏在一起，被批評的一定是男老師，嚴重一點還會被開除吧？可是，千晶還是大大方方地勾手，可見根本沒什麼問題吧？而且那個千晶也不可能看上田代。」

「你這番話才大有問題啦，稻葉。」田代反駁。

「下次要是再被青木叮嚀同樣的事情，就直接跟她說『不用妳操心』就好了。」

「噗哇哈哈哈！」吵鬧三女組哈哈大笑。

「這個好！超適合小田!!」

「而且還要面帶笑容！」

「要面帶笑容！很優雅地說!!」

「哈哈哈哈!!」

「哎呀，真熱鬧呢。好像很開心耶。」

「啥……!!」

青木突然出現，所有人的心臟都差點兒停了。

「呃，青木老師!?」

「我想要把這個送給稻葉同學。」

「給我？」

那是一本超厚的英英字典。

「這是我用過的，不過我希望能幫忙稻葉同學學習英語會話。英英字典能夠讓你學到更多東西喔。」

「不，老師……」

「沒關係啦，」青木老師用笑容打斷了我的話。「這跟一般的參考書不一樣，我想你應該沒有餘力買這些東西，所以不要客氣，儘管收下吧。」

青木強迫我收下字典之後，又輕輕地把自己的手放在我手上。

「不管是什麼忙，我都會幫助稻葉同學的，不要失去勇氣，好好加油喔。」

「……」

接著，青木對田代她們說：

「各位，不要覺得這是老師偏心喔。妳們也都知道稻葉同學比較特殊吧。不屬於弱勢的妳們，都要為稻葉同學加油喔。有大家在，稻葉同學也能好好用功。」

我感覺到自己都快翻白眼了。我對著準備離去的青木說：

「老師，我不特殊，也完全不覺得自己弱勢喔。」

結果，青木老師喜孜孜地做了一個小小的勝利手勢說：「就是這個衝勁喔！加油！」

我快抓狂了。連諷刺都聽不懂！

「冷靜點，稻葉。」田代阻止了忍不住要從座位上站起來的我。

「唉～青木老師真的好溫柔喔！」櫻庭若無其事地說，我們全都呆掉了。

「小櫻……妳喔。」

「妳說的話有點冷喔。」

「咦，為什麼？」

「不要親自證明胸大無腦這個說法啦，櫻庭！」

「哇，這可是性騷擾喔！性騷擾啦！」

「你也別這麼說啦，稻葉。」

「氣死我了，那個蠢老師!!居高臨下地說那些話，她以為自己是誰啊!!」我將青木給我的字典摔在地上。

「胸部大跟沒有腦袋是兩回事啦，稻葉這個白痴！」

「喂，你們冷靜一點啦。」

我好久沒這麼生氣了。竟然理直氣壯地說別人是弱勢，這也算是替人著想嗎？最讓我火大的，就是她本人還沒有自己做了輕蔑他人行為的自覺。我生氣還吃虧了哩。

放學後，我就抱著這一肚子怒火，把教室日誌拿去教職員辦公室給千晶。

千晶一邊坐在桌上抽菸，一邊……看漫畫（找出學生所藏匿的漫畫，千晶無庸置疑是個高手）。

「不要看從學生那裡沒收來的漫畫啦。」

「喔，稻葉。」

「拿去，日誌。」

我把日誌放在桌上時，忽然瞥見檔案夾之間夾著一個眼熟的白色紙袋。

（是藥袋……!?）

「什麼都沒寫嘛。」千晶看了日誌之後，意興闌珊地說。

「什麼事都沒有，校慶的準備也很順利。」

「要是有了也麻煩啦。」

「麻煩的是誰啊。」

這時，青木從旁邊經過。我不假思索地別開視線。

「千晶老師，請不要在學生面前看漫畫，這樣子會成為學生的壞榜樣的。」

「是、是、是。」

「還有，您還是戒菸比較好喔。」青木面露微笑。

千晶也回敬她一個微笑，說：

「多謝您的雞婆。」

「!!」

我拚命忍住差點兒爆出來的笑聲。青木有點困惑地皺起眉頭，但是仍舊面帶笑容，「我是為了千晶老師的身體著想，才這麼說的。」留下這句話之後，青木便離開了。千晶大大地吐出一口煙。

「這樣好嗎？老師，竟然說她雞婆。」

結果千晶輕描淡寫地說：「沒關係啦，反正她也沒正面回應。」

「……噗哈!!」

我終於笑了出來。可是，我不能在教職員辦公室裡哈哈大笑，所以只好用手掩住嘴巴忍耐。

「你也這麼覺得吧？」一面打趣地看著不停發抖的我，千晶這麼說：「她就是那種刺了你一刀，讓你血流不止，還說什麼『我是為了你著想』的人。像這種不會受傷的傢伙最棘手了，對付不良少年反而輕鬆多了哩。」

「但是，老師裡面有很多那種人吧？」我問。

千晶賊賊地笑了兩聲，說：「因為有很多人不了解世事嘛。」

「這麼說就表示你了解囉？」

我壞心眼地問了一下。千晶咧嘴一笑，說：

「我了解我有不懂的事。」

「真是個好答案。」舊書商感到欽佩。

「就是要這種有點亂來的人來當老師才好。不過……真的也有和青木老師一樣的傢伙哩。那個……千晶那句『不會受傷的傢伙最棘手』，真是名言啊。」詩人也點點頭。

「因為他們都用『我才是絕對正義』的銀色鎧甲完全武裝自己了嘛～就像奧爾良的聖女貞德！」

「哎呀，如果真的是處女的話，可就更棘手了喔!?」

「呀哈哈哈哈!!」舊書商和詩人兩個人齊聲大爆笑。

「呃……是這樣嗎？」

「不過啊，夕士的學校裡，學生跟老師都種類豐富呢。」一點也沒錯，而且每次來的一個比一個猛。

「這個香味是什麼？」飛奔進餐廳的是佐藤先生。

「喔，你回來啦，佐藤先生。」

「連日加班辛苦了！」

「是秋鮭鐵板燒和麥燒酒喔！」

今天晚餐動用了大型鐵板，除了油脂豐富的鮭魚、洋蔥、豆芽菜、馬鈴薯鐵板燒，還有加了鐵板豬肉的特製炒麵和鮭魚卵蓋飯。

「咿！太豪華了，我的眼睛都快睜不開了～～～！」佐藤先生瞇起了原本就很細的眼睛。由於同事突然離職的關係，佐藤先生忙著交接、分配工作，這幾天幾乎都沒吃到公寓的晚餐。

「還是琉璃子做的飯最好吃！」猛吃鐵板燒，又喝了一杯杯的酒之後，佐藤先生大聲喊著。沒錯，不管哪一家餐廳，只要吃過琉璃子在這間公寓裡做的飯，一定都會甘拜下風吧。

佐藤先生一邊津津有味地吃飯、喝酒，一邊聽著我的事、青木、千晶、山本的事，還有校慶和運動會的事。他細細的眼睛綻放光芒。

「啊～真好，當學生真好啊，好青春喔。光是聽你說，我就覺得自己返老還童了呢。」

「佐藤先生，你下次就去當學生嘛？」

「不錯耶！這麼說來，我還沒當過高中生哩。」

在一個公司的工作任期滿了之後，佐藤先生就會換到下一個公司，從新進員工做起，他已經反覆這樣的生活好幾次了（所以是一百年？還是更久？）。

「啊，可是數學好像很難耶～我也不喜歡物理。」

「商業學校怎麼樣？數學課很少喔。」

「哇哈哈哈哈。」

「不過，那個叫山本的女孩子的缺失，看起來也滿耀眼的，也許是因為她年紀小吧。看在我們這些老傢伙眼裡，只會覺得『嗯嗯，是嗎、這樣啊』而已哩。」

佐藤先生紅著臉喊了一聲：「好喝。」

「是嗎？我還沒辦法到那種境界。」

自從上次甩頭就走之後，山本還沒來過社團，搞不好她已經退社了。

「她們都是又青、又硬、又苦澀的果實啊！」

「希望能夠順利成熟囉。」

「對了、對了！還沒成熟的青澀果實就是……」

「青木老師!!」大人們異口同聲地鬨堂大笑。

「確實是有某種魅力啦。穿著銀色鎧甲的貞節聖女……嘿、嘿、嘿。」

「又來了～舊書商好色喔。」

佐藤先生一口喝掉了燒酒，說：

「不過也沒什麼用。就是因為太認真，才會沒辦法學習各式各樣的價值觀。我們部門辭職的同事，就是這個樣子。」

「咦!?」

「他那個人滿好的。但是光只有人好是不行的……」佐藤先生嘆了一口氣，「那個小子啊，滿心就是想對別人好，覺得不對別人溫柔不行。結果在不知不覺之間，溫柔就變成他的目的了。」

「什麼意思啊？」

琉璃子把鮭魚卵蓋飯端了上來，如同紅寶石一般鮮紅的鮭魚卵堆積如山。佐藤先生吃了一口，發出滿意的聲音。他繼續說：

「比方說，他會對新人過度關心。該由新人做的事情，那傢伙反而搶去做，什麼都不讓新人做，也不告訴新人，最後妨礙到新人學習。還有，比方說在盯新人的時候，他也是用打從一開始就覺得辦不到的態度去盯。他覺得盯就是親切的表現。」

我專心地聽著，連鮭魚卵蓋飯都忘了吃。

「溫柔地關心人是好事。問題是，那份溫柔可能會招致嚴重的結果。嚴格和放任，都是溫柔吧!?」

這一瞬間，我的腦中閃過一個想法。

「原來如此！青木和龍先生不同的地方就在這裡!!」我不禁站了起來。

「怎麼啦，夕士？」

「富爾說過，青木的心靈波動和龍先生很像，他說欲望等等的感情動搖很相似，還說他們都是『有信念的人』。可是不對！青木和龍先生絕對不一樣！完全不一樣!!」

「真熱血呀～」舊書商嘻嘻笑著。

「就像佐藤先生說。就算青木和龍先生一樣，都是擁有堅定信念的人、都是溫柔體貼的人，但他們的作法還是不同！」

龍先生曾經對著無意間背負了「小希」這個魔物的我說：「要我幫忙的話，我隨時可以效力。」可是，他什麼都沒有做。在我因為新的修行而吃苦時，他沒有給我任何建議，也沒有伸出援手，但他卻陪在我身邊。他相信我，相信我能克服修行，一直守護著我，這就是龍先生的溫柔體貼。在我實際感受到的時候，我根本忘不了心中萌發的感激之情。

不只是龍先生，秋音、詩人、畫家、舊書商、佐藤先生、公寓裡的大家的溫柔體貼，就是什麼都不做的溫柔體貼——只是永遠一起談天、大笑大鬧而已。但是，這就足以替我療傷，可以讓我從中學習了。

「青木的溫柔體貼……剛好相反！」我了解了。

「可是……她的確是個『溫柔體貼的人』吧。」

「所謂的『善人』？」

「所謂的善人。」舊書商和詩人相互點點頭。

「因為是善人，才會用善意迷惑人。因為是善人，才不會被人否定，畢竟否定善意就會變成惡意了嘛。大家都不想當壞人，所以善人身邊的人，一定覺得相當困擾吧～」佐藤先生對詩人的話大表認同，接著說：

「真～的很困擾！沒有什麼東西比善人無意義地親切更棘手了～唉，不過那個傢伙已經察覺自己的親切沒有意義啦，所以才會煩惱到搞壞了身體。」

然而，青木沒有自覺。這應該算是一種悲哀吧？

「真是恐怖呀～」

「和龍先生擁有同樣的信念，作法卻恰恰相反……恐怖喔～～」

不知為何，詩人和舊書商似乎都覺得很有趣。

「你知道嗎，夕士？『通往地獄的道路是用善意鋪裝的』喔～」

這麼說著的詩人，那張塗鴉般的臉看起來有夠可怕。

隔天。

英語會話社正如火如荼地為校慶做準備。大家一起把從卡通錄影帶裡選出來的場景台詞翻譯成英文之後，便開始練習。實際演出的大多是三年級學生。

「那角色分配就這樣吧。」

「我不想……演霍爾！」

擔綱木村拓哉配過音的霍爾一角，那位三年級男生馬上就因為壓力而煩惱。

「要是出現了和英文、演技無關的抱怨，你們可別怪我喔。」

「啊哈哈哈，放心啦，間宮！」

「放手一搏吧，學長！」

田代是獲選為霍爾弟子角色的二年級學生，我和其他二年級學生則是負責大道具和客服。終於要開始排練了，社團裡的氣氛也更熱烈。這個時候，山本唐突地出現了。

「!?」

所有社員都用「嘿，好久不見」的眼神看著山本，而我、田代以及當時在場的一年級小弟則嚇了一跳，動也不動——我們萬萬沒想到她還會再來社團。

會不會是來交退社申請書的？我暗自忖度。然而山本連招呼也沒打，就直接從大家面前走過，在被人拖到角落的椅子上坐下，拿出文庫本來看。這個舉動，讓社長終於發火了。

「山本同學，既然來到社團，就麻煩妳表現出社員該有的態度。」

山本從黑框眼鏡後方看著社長。她的眼神還是很陰沉，說：

「社員該有的態度是怎樣的態度？」

「啊？……我告訴妳，現在大家都在為校慶做準備。」

「那是所有社員都非參與不可的嗎？我不想參加。」

「啥？……那妳來這裡做什麼？要看書的話，直接去圖書館不就好了？」

喀噠，山本站了起來。她瞪著社長，不過滿臉通紅，眼神也像是快要哭了。很不巧啊，山本，我們社長不是看到這種表情就會退讓的人，妳惹錯對象啦。

社長對著打算走出社辦的山本大喝一聲：

「妳不想幫忙準備校慶活動沒關係，但是在校慶結束之前，妳都不准來參加社團。放妳一個人在那裡看自己的書，看了就礙眼！」

社長這麼說完的同時，山本也剛好踏出大門。我——大概其他社員也是——對於社長的意見感同身受，然而，不知道是哪個神明的惡作劇，青木居然就站在敞開的門外。

「!!」

我和田代幾乎驚叫出聲。青木一臉嚴肅，看著悻悻然離去的山本和我們。

為什麼青木會在這裡!?我這麼想，不過仔細思考一下，青木也是英文老師，什麼時候會來參觀英語會話社都不奇怪。

「……發生什麼事了?剛才那位同學哭了喔。」帶著深刻憂鬱的青木的臉，還是很漂亮，甚至讓人覺得很假。

「呃……」

社長不知道該怎麼解釋才好。結果，青木重重地嘆了一口氣，說：

「欺負是不對的行為喔。」

「……啊?」

「一大群人圍住一個女孩子、把她弄哭……你們都是高中生了，還做這種事……真是悲哀呀。」

所有人都傻眼了……我和田代抱頭苦思。

「傷腦筋……」既然已經先入為主地認為是我們欺負山本了，妳當初又何必問「發生什麼事了?」啊?

「不是，那個……那個啊，老師。」

「大家要和睦相處！因為無聊的事情相爭、受傷，又能怎麼樣呢？更何況是欺負別人，受傷的不是只有對方，你們也都會受傷呀！」

「……」

說得很好，不過沒有意義喔，老師。大家默默不語的原因，是因為太驚訝了。

「懂了嗎？大家要跟她和好，知道嗎？我也會從旁協助。我隨時都願意聽大家說話，告訴我吧。」青木這麼說完之後，露出一如往常的聖母般慈悲微笑。

「那位同學叫什麼名字？是幾年幾班的？」

「不要緊的，老師！我們會自己解決，請不用擔心。我們一定會跟她和好的。」

社長一邊露出牽強的笑容，一邊這麼說。幹得好，社長！別讓她再插手。

「是嗎？要做到喔。答應老師以後不可以再欺負人了。」青木握起社長的手。

「是，請放心。」

「太好了，老師真高興。」青木笑容滿面地看著大家，這才離開了社辦。

社長瞪著我們二年級學生。

「那是二年級的英文老師吧。她搞什麼？」

「對不起……」

即便搞不清楚為什麼要道歉，我們還是低下了頭，總覺得很難堪。
「好屌喔～我也搞不清楚為什麼，但是好像看到很屌的東西了耶。」
「明明是個很溫柔的老師啊……對吧？」
「真討厭，我都起雞皮疙瘩了。那個老師擺出一臉溫柔的樣子，卻一口咬定我們欺負人耶!?什麼『隨時都願意聽大家說話』啊，她以為自己是誰！」
社長裝作噁心的樣子，吐了吐舌頭。大家果然都這麼覺得哩。
「啊，煩死了。我不想跟那種老師扯上關係。就算是誤會，我也不能讓她多嘴，我得先去跟坂口老師說一聲！」
江上社長……真有男子氣概——雖然是女的。
沒錯。青木是英文老師，所以極有可能和英語會話社搭上。如果青木取代坂口成為社團顧問，或是以輔導老師的身分出現，這位男子氣概十足的社長搞不好會被超級善意惹惱，最後不得不退社。要是真變成這樣，英語會話社會在一瞬間四分五裂的（我也會想馬上退社）。
「通往地獄的道路是用善意鋪裝的……原來如此。」

貼金的
內在

那天的社團活動結束之後，田代對我說：

「我收集到小夏的情報了喔。」

「哇!?」

說真的，妳到底是從哪裡、怎麼收集到所謂的情報的啊！

「那個女生之前，就是第一學期的時候呀，是唸仁明的喔。」

「是名校耶。」

「嗯，根據情報顯示，小夏也是從入學開始，就表現得非常奇怪。」

「怎麼個奇怪法？」

「不合群、想要引人注目，就是那種把『我認為』如何如何掛在嘴邊的人。」

田代邊看著手機，邊說。那支手機裡面應該裝滿了來自四面八方的情報吧。

「感覺不管做什麼，自己一定要是最好的，在班上跟社團都格格不入……應該說，她就是想要引人注目。」

「嗯，她現在也是。」

山本隨時隨地都在賣弄自己的知識，有時候還會突然大聲說話。或是明明在上課，卻面向旁邊坐著，總而言之都是一些試圖吸引老師和其他人注意的行為。這種人當然不可能被大家接納，撇開老師不談，據說同班同學都跟她保持距離。而老師們也因為山本經常在課堂上擅自回答問題（明明是問別的學生，山本卻完全不管），最後終於把山本的家長請到學校去了。

事情演變到這種地步，同班同學們也無法繼續忍耐，於是便一同忽視她。在某堂課上，學生們拒絕跟山本同一組，從此山本便不再去學校了。那是第一學期期末考前夕的事。

「所以大家在暑假的時候討論了一下，最後決定讓她轉學啊。」

「轉到比較差的學校。」田代聳聳肩說。

「不過，唸商業學校的普通科確實比仁明輕鬆啦。」

「應該是家長特別安排的吧。」

「她的家庭沒有問題嗎？」

「沒有喔。山本家是個非常普通的家庭，附近鄰居也說她的父母親很一般。對於子女來說，他們的生活狀態也很正常。」

附近鄰居也說……妳怎麼連這種情報都有啊，田代？是間諜嗎？妳放間諜出去探聽的嗎!?

「只不過呀，稻葉，小夏有一個大她五歲的姊姊，這個姊姊超強的喔。」

「喔。」

「她從小時候就很聰明，成績一直名列前茅，以第一名的成績考進仁明，又以第一名的成績畢業，現在就讀K大。而且還是個大美女，個性也很好……應該說很正常，不是那種埋頭苦幹猛K書的類型，而是一個個性開朗的女孩子。」

「喔……」

我漸漸了解詩人說過，山本的「貼金」是什麼意思了。

「因為有個優秀的姊姊而感到自卑嗎？」田代也用力點頭。

「而且非常嚴重喔，好像從她懂事的時候就開始了。聽說小夏小時候身體很不好，讓她爸媽很擔心。」

在田代可怕的情報提供下，我知道山本的奇怪舉止之謎了。

山本懂事之後，那個優秀的姊姊就已經存在了。本來就處於身體不好的弱勢的山本，光憑這一點就夠她自卑了；可是，雙親又特別照顧自己，這看似理所當然的事卻讓山本的自卑感加倍嚴重。有個優秀的姊姊也讓情況雪上加霜。

我在博伯父家的時候，家裡還有一個伯父的親生女兒惠理子，比我大兩歲。

博伯父和惠姿伯母絕對沒有對我這個非親生兒子的人做出什麼差別待遇——就

算覺得照顧我是一個相當大的負擔。但是不可否認，他們對惠理子說的話、表現的態度，都和對待我的時候有微妙的差別。

可是，那一定是我想太多了——因為我自己一直覺得：「反正他們一定對我有差別待遇。」所以，就會在沒什麼大不了的小事上捕風捉影，盛菜的方式不同、便當裡裝的東西不一樣（惠理子有很多東西不能吃，不一樣也是正常的）。所以問題出在我身上，就算伯父他們其實也有很多想法，我自己的意識還是佔了較大的比例。

山本一定也是這樣。她一定是看見姊姊很優秀，就自顧自地自卑起來，所以她才會一直過度強調：「我很聰明，我很優秀。」

「往自己身上貼金的小孩子呀，有很多都是不得不這麼做的喔～」

不想輸給姊姊，想要像姊姊一樣——不，是超越姊姊——受到父母親和周遭人們的認同……

這就是山本往自己貼金的真相。

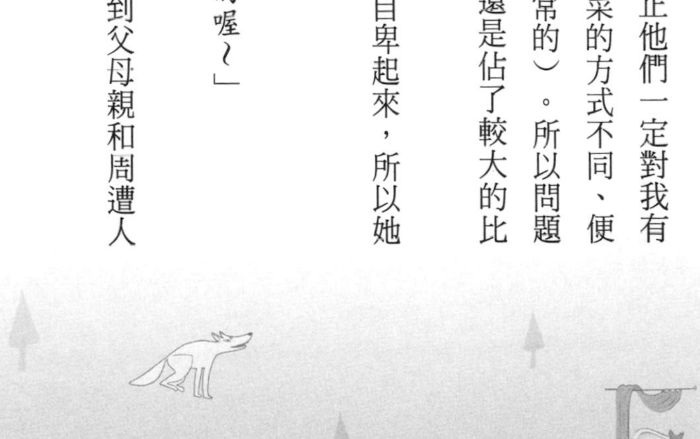

「然後呢？主人，你打算怎麼做？」富爾從胸前的口袋探出頭來對我說。

「怎麼做……」

該怎麼做？這次山本可能真的會退社了。這樣子的話，我和她之間的交集也會跟著消失。就算我知道山本內心的想法，也不能跑去對她的同班同學說：「所以請你們好好跟她相處吧。」畢竟我沒有證據。

從中庭可以看見一年級學生的校舍。在放學過後好一陣子的這個時間，校舍靜悄悄的。

田代說，山本總是最早來社辦的原因，是因為她在班上沒有朋友。應該不能說是沒有，而是山本不願意去和同學交際，據說山本很明顯地瞧不起自己班上的同學。可是就算來到社團，她大概也沒打算跟誰有交集吧。雖然看不出來，不過山本的內心深處或許下意識這麼想。

根據長谷的說法，國中時代的我會發出「過來我就殺了你」的氣息。我不想跟任何人做朋友，只要有長谷在我身邊就好了。

到了現在，我知道那是不對的，但是如果要我跑去跟山本這麼說，我實在不覺得她能接納。最重要的是，我可能也沒辦法好好跟山本說話。

「別管山本了啦。反正……就看她自己想怎樣吧。」我覺得想去改變人心是很愚蠢的，這又不是使用「小希」就能解決的事。「更麻煩的是青木。只要一想到她接下來都是那副樣子，我就頭痛！」就在我這麼說的時候——

「好大聲的自言自語啊。」千晶竟然側躺在盆栽之間的草皮上。

「哇啊啊！」原本以為旁邊什麼人都沒有的我，嚇得跳了起來。

「千、千晶！你在這裡幹嘛啊!!」

千晶側躺著對我招招手，等我走近，他便用力地敲了我的頭一下。

「好痛！」

「千晶老師在休息。」休息？在這個昏暗中庭的盆栽之間？

「跟偷懶不打掃，偷偷跑去抽菸的學生一樣啊，老師!?」

「你是不是有什麼煩惱啊，稻葉？會自言自語的，只有寂寞難耐或是精神有問題的傢伙喔。」

「我都不是啦！……這……這是我的習慣。把煩心的事情說出來，心情會比較暢快。」

「原來如此。」千晶哼哼笑著，「然後呢？青木老師怎樣啦？」

「嗯～」

我在千晶旁邊坐下，把剛才在社團發生的事情告訴他。千晶聽了，從喉嚨深處發出幾聲悶笑，說：

「你們那個社長還真是個狠腳色哩。」

「社長是『大哥』啦，不過她平常其實是個溫柔的女生喔。一開始面對山本的時候，她也表現得很友善，但青木根本不了解。就是因為她不了解還在那邊大放厥詞，我才覺得那個女人很惹人厭！」

叩！我又被打了一下。

「好痛！」

「對於青木老師，」千晶吐出一口煙，說：「那種人啊，只能靠自己下工夫處理。就像你們那個社長臨場的反應一樣。」

「我沒辦法接受耶。不能跟她談談嗎？」

「也不是不行啦。」

「是嗎？」

「要花很多時間喔，非常多的時間。畢竟語言不同嘛。」

語言不同……嗎？我懂、我懂。

「千晶老師！」青木從我們旁邊的窗戶探出臉來。

「喔，妳好。」千晶舉起手。

「你在教職員會議上中途離席之後，就沒有再回來，我很擔心耶。」

青木特地穿過走廊，跑到中庭來。

「不用過來啦。」千晶小聲說。

「你從教職員會議偷溜出來在這裡打混啊，老師。」

「發生什麼事了嗎？啊，稻葉同學。」青木走近之後才發現我。千晶對她說：

「哎呀，對不起。我剛好在這裡碰到稻葉，就跟他聊起來了。哈哈～」

呿！不要利用別人好不好，你這個不良教師！

「稻葉同學，你有什麼事情要商量嗎？可以的話，也跟我說說。」青木拉下臉來嚴肅地說。

來了、來了！

「不，沒什麼！沒什麼事！」

「青木老師，妳不用那麼擔心，這傢伙不要緊的啦。」

然而，青木卻板起面孔。

「不，不管怎麼擔心都是不夠的。稻葉同學沒有父母，在公寓裡也是一個人孤零零的耶!?」

我才不是一個人孤零零的咧，我倒還覺得人有點太多了。

「你不知道面對現在的生活和未來的事，他有多麼膽小、不安嗎？替他著想，才是老師的工作吧？」

不用妳操心啦，就教妳不要擺出這副居高臨下的姿態來說話好不好！

「他現在正值這個年紀，要是覺得不安、煩躁，就會往壞的方面想、行動……」

「青木老師。」千晶用有點強硬的口氣堵住了青木的夢話，他繼續說：「幹蠢事的傢伙啊，首先，日常生活會變得亂七八糟。請妳仔細看一下稻葉嘛，襯衫的領口、袖口都沒有髒污，這就表示他都好好換洗制服、也乖乖洗澡。他的耳朵乾乾淨淨、沒染髮，也沒在什麼地方穿環。肌肉結實、皮膚又有光澤，這就是他正常吃飯、睡覺的證據。能做到這些基本動作的傢伙，就算不管他也沒關係啦。」

我有點驚訝。千晶扯我耳朵、亂摸我身體的原因……原來是這個啊！

「至於他的大腿和屁股上有沒有刺青，我會在畢業旅行的時候確認一下。」

「喂。」

「那一個人的孤獨寂寞怎麼處理呢？對不對，稻葉同學？身體不舒服的時候或是學校放假的時候，你都很孤單吧？但是就算孤單，你也不可以跑去鬧區遊蕩喔。要出門之前，先跟我說一聲。」

我知道青筋已經快從太陽穴爆出來了，我也知道千晶發出了「忍耐~」的電波。我緊握拳頭，彷彿把某個巨大的東西吞下喉嚨之後說：

「……謝謝老師，我會說的。」

「我真高興，稻葉同學。那我們約好囉。」青木露出了真的很高興的表情。

「對了，千晶老師，會議已經結束了。老師不在時的會議內容很簡單，我已經做好筆記了。就放在老師桌上，請參考一下喔。」

「麻煩妳了。」

「菸蒂要好好處理喔。」

「好的、好的。」

「還是戒掉比較好啦。」

「不用妳操心。」

青木苦笑著離開了。

「……」

等到青木的身影消失在校舍中之後，我全身無力。

「語言不同……也就算了，那個女人根本不聽別人說話嘛！不，我是說那個老師。不是跟她說沒關係了嗎？她就那麼希望我是一個寂寞可憐的孩子啊!!」

「反彈也沒有用啦，你那麼說剛好正中她下懷。她只會解讀成：『唉，他果然因為寂寞而鬧彆扭了呢。』別管她就行了啦。」

把香菸塞進攜帶式菸灰缸裡之後，千晶懶洋洋地站了起來。不過，他大大地踉蹌了一下，我趕緊扶住他。

「喔……唷。」

「啊，不好意思、不好意思。猛然站起來就暈眩了一下。」

「你累了吧。」

我們並肩走過中庭。

太陽已經完全沉到校舍後面，中庭被黃昏夜幕染成青色。

「因為第二學期有很多事情要做嘛。」

千晶搔著頭苦笑。在黃昏之中，他的側臉看起來一片慘白。

「不過，在優秀班長帶領下的二年C班，每個同學都不用我特別操心，真是幫了我一個大忙。可以放心不管。」千晶搔了搔我的頭。我躲開他的手，說：

「真的。你從來沒來看過校慶準備。」

「反正你們都很認真在做啊，對吧!?」

我豎起大拇指。千晶一邊朝著教職員辦公室走去，一邊回了我一個大拇指。

學生們是在老師的信賴下被老師放任不管的，當然也會以學生的方式回應老師的信賴嘛。

長谷畢業旅行回來，又帶著堆積如山的紀念品到公寓來玩了。

看見瀑布之後，長谷高聲歡呼。也不管衣服會弄濕，就直接跑到瀑布下面去，還跟小圓在池塘裡玩鬧了一陣子。

瀑布周圍的楓葉和公寓庭院裡的樹木都染上了顏色，秋意越來越濃了。和大家一起享用松茸牛肉壽喜燒以後，我們悠閒地待在起居室裡。在不知不覺間，起居室的地毯和壁紙上淡綠色的條紋花紋變成了淺橘色，緣廊也換上了雙層拉門。透過拉門下半部的玻璃窗，可以看見彷彿落葉般的發光體在秋天沉靜的夜色中飄浮舞動。其顏色和夏天的淡色系不同，是鮮豔的紅色和黃色。

咖啡的香味溢滿了溫暖的房間裡。我和長谷一邊喝著咖啡，一邊在起居室聊天——看著瀑布泡溫泉、躺在房間的棉被裡時也是。

「我去過歐洲好幾次，不過還是第一次去新天鵝堡哩。真的是團體旅遊才會去的地方。」

我一面啜飲著咖啡，一面聽著長谷這個有錢人餘裕十足地高談闊論。

「反正我連飛機都沒坐過。」

「出社會之前，我們一起出國玩吧，稻葉。」

「說得那麼簡單～」

「我會安排三萬圓左右的行程。去新加坡三天兩夜，很不錯喔。」

「三萬圓就能去新加坡三天兩夜？還真便宜哩。」

去歐洲和美國是絕對沒辦法，不過要是去亞洲、關島一帶的話，我也出得起。只要交給長谷安排（表面上是這麼說，其實是壓榨熟悉的旅行社），行程一定又便宜又棒。我和長谷兩個人一起出國玩……應該會很有趣吧。

「要出國玩嗎？要不要我帶你們去好玩的地方啊？」舊書商說。我和長谷異口同聲地回答：「不用了！」

舊書商口中的好玩的地方，絕對不能相信。感覺好像會隨隨便便地被帶到非洲、亞馬遜河深處來趟野地求生之旅。

「我是很喜歡印第安那瓊斯，不過要我實際去做？那就免了。」

聽了蘇摩巫女和靈藥甘露的事情之後，長谷也哈哈大笑。

長谷很仔細地聽完青木的事。

「讓我回想起國小二年級的級任老師。」

「喔，被你趕走的那個女老師嘛。」

「她們很像。不過，我的級任老師只是單純地搞不清楚狀況，滿腦子覺得小孩子全都是天使，所以才會被一個如同天使一般的小孩子反咬一口。」戴著天使面具的惡魔之子平淡地說。

「大家都要和睦相處喔。」那位女老師這麼說完，長谷就嗆她說：「為什麼一定要和睦相處？」、「不要把這種大人自以為是的想法強加到我們身上啦。」（他當年只有小學二年級！）逼得無法反駁的女老師離開教職。

「可是啊，那個時候的我也真的是太幼稚了。」

「你那時候才國小二年級耶……」

「要是現在，我一定可以跟那個叫做青木的老師好好相處吧。」

長谷的「好好相處」是什麼意思，我連想都不敢想。

「我就沒這種自信了，總覺得不對盤的人就是不對盤。」

長谷戳了我的額頭一下，說：「你是為了什麼而做瀑布修行的啊，稻葉。就是在這種時候，自制力才更重要吧。」

「說是這麼說沒錯啦。」

「對那個黑暗妙麗也要溫柔一點喔，只要跟她說『我認同妳』就好了。管它是俄國文學還是楚浮，你就只要說『了不起』、『真厲害』就行了啦。」

「這樣好嗎?那不就跟那個只看見事物的一面就囉哩囉唆的青木一樣了。」

我實在無法認同那種裝模作樣的行為。我很同情山本的問題和心靈創傷，可是就算我猜到她或許也想敞開心胸跟我們相處，就目前的狀況來看，她仍舊處於「無計可施」的狀態。

「我是想多跟她說話，可是……就是找不到機會，我又不太會說話。」

長谷露出了跟青木一樣的慈祥表情看著我。

「你笑什麼。」

「不錯啊，好青春喔。」

這傢伙~雖然跟青木不同，不過他也是「居高臨下地大放厥詞」哩，真是的！

「不要跟那幾個妖怪說一樣的話啦！」我把枕頭扔向那張看透一切的臉。

「對了，我還沒有玩到畢業旅行必玩的枕頭大戰哩。因為我們住的飯店只有雙人房！」長谷把枕頭扔了回來。

「不要給我若無其事地臭屁！」

富爾聳聳肩，看著在狹窄的房間裡用枕頭大打出手的我們。

山本來到社團。

青木成為英文老師。

這具有某種意義嗎？是跟我的「緣分」嗎？

等到時機成熟時，我能好好處理這些事嗎……？

另一張臉，喜歡？討厭？

在校慶和運動會前夕的期中考，發生了一件超級大條的事，大條到讓其他事情都變得微不足道。

十月半，為期三天的期中考第二天。

鐘聲響起，考試結束的時候，我突然覺得空氣變得很不安定。

「？」

這不是考試結束解脫的感覺（還要考一天）。

「哎呀，似乎起了什麼騷動呢。」富爾從胸前的口袋探出頭來。騷動？

然後，千晶經過了走廊，還帶著一名男學生。千晶箝住那名學生的手臂，幾乎是拖著他走。學生垂著頭。

「怎麼啦？」

班上同學也不可思議地注視著。這個時候，別班的女生跑進教室。我記得她好像是田代組的其中一人，是E班的學生。

「小田！」

「小四，發生什麼事了？」

「妳看到西山被千晶老師帶走了吧。那個傢伙用手機作弊耶！」

全班同學都開始吵了起來。他是在考英文的時候作弊的。

「白痴喔。」我在窗戶邊低聲說。手機本來就不能帶來學校的，他太放肆才會落到這個下場。

「西山坐在教室後面的位子，考試考到一半，千晶老師就大喊：『喂！』我嚇一跳，回過頭去看，結果當時千晶老師卻說：『沒事、沒事，不好意思。』當時我就覺得很奇怪……」

除了田代等吵鬧三女組之外，其他湊熱鬧的同學也圍著小四（她應該是姓四方吧），豎著耳朵聽。

「西山之前就一直說要用手機作弊，所以我才知道他被抓包了。結果一考完試，你們知道那傢伙做了什麼事嗎？他竟然想逃走耶！能逃到哪裡去呀！」

「真差勁！」

「白痴……！」

「但是啊，千晶老師怒吼一聲：『西山！』他就嚇壞了！當場僵住不動耶。我還是第一次看到有人真的動彈不得耶。」

「千晶真帥～」

四方微微搖搖頭，接著說：「千晶老師超可怕的耶！我有點驚訝，沒想到這個老師也會露出那種表情。」

「嗯。剛才他經過走廊的時候，臉上的表情也很嚴厲，我還沒看過哩。」

「平常明明都是懶懶的樣子。」

「廢話，老是一臉呆樣怎麼當老師啊。」

「稻葉……」

我不假思索地插了嘴。不久前我才剛聽佐藤先生他們說完「光靠溫柔體貼是不行的」的話題。

「千晶也知道不可能命令你們不准帶手機來學校，所以只要不違反禮節，他都睜一隻眼閉一隻眼。可是那傢伙做的事情就跟背叛千晶一樣耶，所以千晶會變得跟惡鬼一樣生氣也無可厚非。」

隨身攜帶手機的傢伙們——大概全班同學都是——露出了不太自在的表情。

「不要看他平常人很好，就以為他只有那種表情。或許是因為他其實非常嚴格，才能露出溫柔的表情吧。」

龍先生俊美得像個女人，個性也溫柔體貼，我從來沒看過龍先生怒吼、生氣，或是大聲說話。即使這樣，不小心窺見那張穩重柔和的臉的另一面時，我還是會不自覺地發抖。龍先生說過，他不會幫助沒想過要靠自己的力量克服困境的人；那個時候的龍先生的眼神真的很嚴厲，而且就像黑暗一般深不見底。他是不會隨時隨地、在任何情況下對每個人溫柔地伸出援手的。

隨時可以斷然捨棄對方——

這才是高手。這才是「鍛鍊別人的溫柔」。

「什麼嘛～意思是說，他平常的樣子只是矇騙我們的面具？千晶老師是那種人嗎？」一個女生無奈地說。

「不……」

「不是吧！」

櫻庭搶先我一步對那傢伙發火了。

「千晶老師是在該生氣的時候，就會好好生氣的人。」

「櫻庭……」

我目瞪口呆地看著櫻庭。

「不管平常再怎麼隨便，遇到小孩子真的做了不該做的事情時，就得好好生氣才行。這才是大人的工作吧？」

「小櫻，說得好！」田代摟住櫻庭，摸摸她的頭。

「我也對千晶老師刮目相看了。」垣內說：「我一直以為他是一個沒有幹勁的老師，不過是還滿喜歡他的風趣溫柔啦。沒想到他認真起來還是很厲害的呢。他經過走廊的時候那副兇巴巴的表情，讓我迷戀上他了～♪」

大家都喧鬧了起來。

「小內妳真是的，好大膽的言論喔～～」

「要畢業之後才可以喔！」

「哈哈哈哈哈！」

「主人的同學真是一些好孩子呢。充滿了現場的良好波動，真是讓我陶醉。」

富爾誇大其辭地讚美。

「嗯，呵呵！」

很明顯地，櫻庭和垣內的話感染了在場的所有人，彷彿雨水降臨大地一般。

「看見了和自己想像中不同的一面時，用正面的態度或是負面的態度去思考，都會大大地左右自己因而獲得的東西。就這方面來說，田代大人她們可是大豐收呢。」

真的是這樣，我真希望人生一直都是如此哩。

「不過，應該不太可能吧。」

我苦笑——要是我也能樂觀地看待青木的事就好了。

隔天——期中考的最後一天，手機作弊一事引起軒然大波。

昨天，西山的家長因為這件事情而被請到學校來，召開了緊急教職員會議，聽說搞到很晚。當然，這件事情在昨天之內就傳遍全校了。

早上，來開班會的千晶露出了判若二人的嚴肅表情，說：

「今天考試結束，第四堂課要開學生大會。到時候所有人都要聽從廣播指示，到禮堂集合。」

「學生大會……」

大家開始騷動。學生大會，一年都不見得會開一次……去年有嗎？在這種情況下召開學生大會，應該是第一次吧？

「帶手機的傢伙全都跟這個會議有關，不准蹺掉，一定要參加喔。」

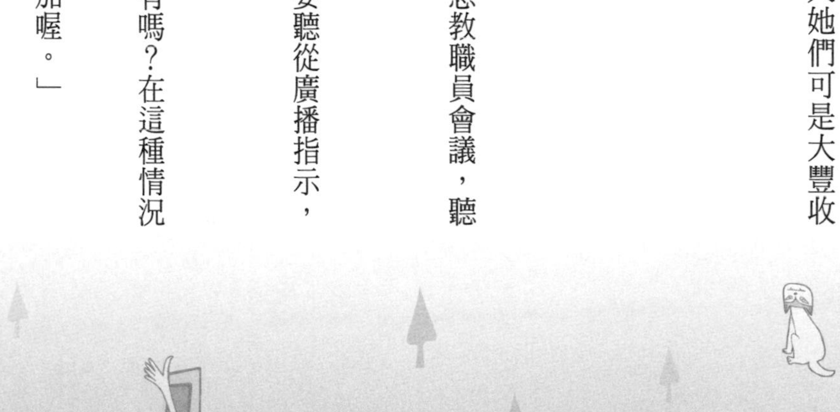

事情嚴重得超乎想像，班上同學也都有點不安。不過……

「千晶大概不知道自己現在這副嚴肅的樣子，讓多少女孩子臉紅心跳吧。」沒有手機的我，事不關己地這麼想。

那天，在考試的時候，我一直覺得整間學校好吵，滿是些微的困惑和大事當頭的興奮。田代她們更是心浮氣躁的。這些人會好好寫考題嗎？

「不過……召開學生大會的意義在哪裡？」既然問題是使用手機作弊，那就只要嚴格禁止大家帶手機到學校來，這不就好了嗎？寫完最後一題之後，我眺望著窗外思索著。秋天清爽的陽光灑在空無一人的操場上。

期中考結束後，馬上就是運動會了。除了準備校慶之外，二C的女生還得練習替選手加油的啦啦隊舞蹈——這也列入評分標準之一。運動會和校慶讓一下子忙班上事務、一下子跑社團的人頭都昏了。

更別說老師了，原本第二學期的行程就比較滿，老師們絕對不希望再發生不必要的麻煩事。千晶也……還是老樣子，臉色很不好。

期中考結束了，學生會馬上開始廣播，學生從三年級開始，依序走進禮堂。學生會的人已經站上講台。禮堂的正中央放著一支麥克風，讓我們一般學生也可以發言。在此集合的學生們感覺都很興奮。

讓条東商驕傲的才女——學生會會長神谷說：

「學生大會現在開始！」

七嘴八舌的學生們隨即靜了下來，神谷真是名不虛傳。千晶出來了，我的心跳開始加快。

「各位同學已經知道，今天為什麼要召開學生大會了吧？有人利用手機，在期中考的時候作弊。」千晶的口吻和表情更加嚴肅了，看得出來他非常生氣。

「我再強調一次，条東商禁止學生在校內攜帶手機，這也是縣教育委員會的規定。不過，我們無法一一檢查每個學生的東西，所以只要維持在校內使用手機的禮儀，我們都可以默許各位同學把手機帶來學校一事。但我萬萬沒想到竟然出現這樣的反效果。真是像被賞了一個耳光!!」

會場靜謐無聲。千晶，你還真是有魄力啊。条東商有很多有個性的老師，歷代的訓育老師好像也都很嚴格（為了日後的就職活動，他們對服裝等規矩非常嚴格），但是就我所知，並沒有像千晶這樣的「恐怖老師」。作弊被抓到的西山，在千晶的一聲令下就嚇得動彈不得了。

「沒錯，大家就是不習慣被罵。」

不管是家長或大人，都不罵小孩、不敢罵小孩，也不發火。我？我可是被罵慘了——主要都是被長谷罵，畢竟那傢伙也是「恐怖」的人嘛……體罰對他來說，也沒什麼（面對受傷的人還是照打不誤）。我也經常被打工地方的社長、大叔們大罵，或是惹他們生氣。可是不管他們怎麼氣、怎麼罵、怎麼打，借櫻庭的話來說，就是「好好生氣」。正常的大人，在該生氣的時候就得生氣，他們的「憤怒」就是這樣。現在，學生被千晶不假思索地怒罵……不知道他們有什麼感覺哩。

「我覺得，我得改變自己對你們的認知才行。相信你們，擺出一副好好先生模樣的我真是個大白痴。」

千晶拿出手機。那大概是西山的吧……

「從今以後，我會嚴格禁止同學帶手機來學校！要我直接在校門口檢查大家帶的東西也無妨！如果被我發現有人帶手機到學校來，我會當場這麼做！」

千晶把手機丟到地板上，接著用力踩下去。隨著「啪！」的巨響，會場也騷動起來。

「真是大膽的作風啊。」

「千晶……」連田代都嚇了一跳。

這個時候，青木從站在會場旁邊的老師之間，衝向會場中央的麥克風，大喊：

「千晶老師！你做得太過火了！」

經她這麼一喊，學生們也全都開始叫了起來。

「對啊！做得太過火了吧！」

「再怎麼說都太過分了！」

「什麼嘛，有什麼了不起的！」

被怒吼聲包圍的禮堂幾乎要撼動起來，其中還有一些白痴朝講台丟東西。

「少囉唆!!住嘴!!」千晶再度大喝一聲，「逃避自己的錯誤還敢叫!!」

「又不是我們的錯！不要把我們混為一談！」

「對呀、對呀！跟我們無關吧!!」

意思是你們不想被拖下水嗎?千晶哪會聽這種歪理啊。

「你們覺得只要把犯人一個人繩之以法就沒事了嗎!?這是你們每個人的問題吧！給我好好想想!!」

千晶的魄力讓學生們在一瞬間退讓了，然而，青木又在這個時候插嘴：

「千晶老師，請不要用這麼粗魯的方式表達！孩子們會受傷的!!」

我頭好痛。

（這樣說或許沒錯啦……）

差點退讓的學生們搭著青木那「不要傷害孩子們」的清高善意便車，又重新恢復了氣勢。

「我們受傷了耶！快道歉！」

「給我道歉!!」

我嘖了一聲。（這就是妳的溫柔招致的結果啦，青木。）

完全沒發現討論焦點已經偏離主題的青木又再說了一句：

「讓我們用平和一點的方式討論吧，好不好？這裡就交給我……」

喂、喂、喂，這不太好吧……千晶應該也這麼覺得吧。

「妳不要插手，青木老師！」

他怒喊，然後隨即露出「糟了」的表情。果然不出所料，一部分的女學生發出了歇斯底里的聲音。

「你怎麼對青木老師這麼說話！」

「不可原諒！快點道歉!!」

是青木的親衛隊。一名女學生（看起來非常認真，感覺就像是青木的信徒）一步步接近麥克風，說：

「我無法原諒你剛才對青木老師的暴言！請你現在馬上道歉!!」

其他白痴也搭著順風車跟著亂喊。就在會場快要陷入難以收拾的騷動時，一聲威風凜凜的聲音響徹整個禮堂，騷動也在一瞬間靜止了。

「請不要做無關的發言!!」

是學生會會長神谷，她瞪著麥克風前面的女生說：「回到妳的位子去！」在這超強魄力下，那女生只能拖著腳步離開。接著，學生會會長也對青木大喊一聲：

「青木老師，妳也是。請妳不要混淆議題。」

我忍不住鼓掌叫好。了不起啊～～學生會會長，条東商創校以來的「才女」真不是蓋的。

「好、好帥喔～～神谷！」田代、櫻庭、垣內也都發出歡呼聲。

學生會會長無視還想說什麼的青木，對著千晶說：

「千晶老師，以最糟糕的形式辜負老師們的信任，我深感抱歉。」

學生會會長這麼說完，深深地鞠躬。她高潔的身姿，充滿了無以批判的威嚴。

「要嚴格禁止同學們帶手機來學校，我們也不能抱怨什麼。不過，請老師高抬貴手，今後我們絕對會遵守禮儀，請老師繼續默許我們攜帶手機。還有，請老師千萬不要把我們的手機弄壞。」

掌聲響起。

「好吧，反正也不可能完全阻止你們帶手機來學校。違反規定的同學，手機當場沒收，畢業的時候歸還，就這麼辦吧。」

會場吵了起來，不滿的聲音四起。

「請高抬貴手！沒收三天就好了!!」學生會會長的意見引發了高聲歡呼。

「喂、喂、喂，學生會會長，哪有一次砍這麼多的？」

「我知道很難，但還是麻煩老師通融！」

會場的氣氛改變了，剛才還在大罵千晶的學生們，也都完全轉為「懇求模式」。

「拜託啦，老師！你就接受我們的要求嘛～」

「我們會乖乖聽話的！」

「我已經默許你們帶手機了耶～不管怎麼說，三天也太超過了，要是半年的話……」

一看到千晶稍有讓步的意思，學生會會長便乘勝追擊：

「一個星期！」

「辦不到！」

「兩個星期！」

整個會場的人都屏氣凝神地看著討價還價的兩個人。我最近好像在哪裡看過同樣的情況嘛。學生會會長很拚命，而千晶還是佔上風。在這股氣氛下，學生們便開始幫學生會會長加油了。

「學生會會長!!」

「加油!!」

「神谷、神谷！」

「三個月！」

在千晶這麼一叫之後，學生會會長也不服輸地喊：

「一個月!!」

千晶吸了一口氣，然後有點誇張地嘆著氣說：

「我知道了，一個月。」

這一瞬間，撼動會場的歡呼聲再度爆了出來。

「萬歲!!」

「贏了!!」

學生會會長禮貌地鞠躬：「非常謝謝您，千晶老師。」

在她的影響下，學生們也跟著說：「謝謝，千晶老師。」面對這些學生們，千晶又嚴肅地說：「喂，這是最後一次機會了喔！別再違反禮儀了。下次只要有一個人違規，我就全面禁止帶手機，沒收的手機也要到畢業才能歸還！」

學生會會長也接著說：「各位，就算只沒收一個月，大家也不願意吧!!所以一定要遵守禮儀喔!!」

「喔!!」

更大的歡呼聲又響了起來。

這個時候，我才恍然大悟——召開學生大會的意義、千晶嚴厲的態度，以及和學生會會長的配合。

「這是……原來如此，是『以退為進』。」

「以退為進」是一種心理操縱手法，為了讓預先設好的標準能順利過關，而在一開始的時候故意把標準說得很高。這是長谷慣用的手法。

千晶也是故意把手機摔壞的。他在一開始這樣恐嚇，就是為了讓學生們接受手機沒收一個月這個標準。對千晶來說，手機沒收多久都無所謂，可是對學生們來說，光是沒收一個星期或是三天，就夠痛苦了。不過，不管怎麼樣都無法阻止學生們帶手機。

總而言之，只要讓學生們徹底知道「為了不讓手機被沒收，就要遵守禮儀」就好了。事實擺在眼前，原本對千晶那麼反彈的傢伙，最後也因為沒收期間只有一個月而沾沾自喜。這都是拜那個作戲成分居多的討價還價所賜。

「還有，可以帶手機到學校。不過，在課堂上以及社團活動的時候不准使用，不可以在走廊上邊走，邊講手機。能夠使用手機的時間只有班會開始之前、午休時間和放學後；地點則是教室裡、操場、頂樓、中庭。違反規定者就要沒收手機一個月。這樣子可以吧？」

掌聲和歡呼聲四起，還有人吹口哨。真是群單純的傢伙。

「全都在你的掌握之中嘛，千晶……了不起。」

學生大會順利結束。學生會會長該不會也跟千晶串通好了吧？

魚貫地走出禮堂的同時，田代有點遺憾地說：

「唉～千晶比我想像中不近人情呢。就算違反禮儀讓他很生氣，也不用突然宣布禁止攜帶手機吧～」

我拍了她的頭一下：「白痴喔，真不像妳耶，田代。動動腦想一下啦。」

連田代都這樣了，我看應該有很多學生都跟她一樣，誤解了千晶的嚴厲行為吧。雖說那也是沒辦法的事……

「總覺得不太放心啊……」

講台上散亂著白痴們丟上去的垃圾。

接下來，十月底的運動會馬上就來臨了，運動會結束之後，校慶的準備也漸入佳境，學生和老師都忙碌地四處奔波。這樣的時節，某天吃完午餐沒多久，我就上頂樓去了。因為天氣很好，暖洋洋地，我想爬到水塔上面睡個覺。

然而，已經有人先到了。

學生不太會到頂樓來，更別說是水塔了，根本沒有人會爬上去，所以那裡幾乎是我專用的地方。沒想到竟然有人也看中了這裡……

「原來是千晶喔。」

「喔，稻葉。」

用右手支著頭，面向另外一邊躺著的千晶，只把頭轉過來看著我。

「這裡該不會是你的地盤吧？不好意思喔。」

「不會，沒關係。」

「這裡很舒服耶，暖呼呼地。」他的聲音沙啞。

對了，之前千晶好像也這樣，在中庭裡躺著。

「……你是不是身體不好啊？」

「……」

千晶的眼睛注視著我。那是很不可思議的眼神，和懶洋洋的表情相反，他的眼神之中潛藏著「力量」。

「……嗯，說不好是不好啦。」他微微一笑，說：「我啊，血液很淡。」

「血液很淡？」

「就是血液中的紅血球數很低。」

「那是什麼意思……是生病嗎？」

「算是生病吧？也就所謂的『貧血症』。」

喔，怪不得他總是懶洋洋地。

夾在桌上檔案夾之間的，果然是藥袋。也就是說……

「之前在中庭的時候，該不會也是……」

「……你的腦筋動得真快啊。」千晶點燃香菸，「原本只想去抽根菸，結果走到中庭的時候就兩眼發黑啦。」

「果然，我就覺得很奇怪，怎麼有人會在那個時間躺在那種地方。」

千晶把香菸的煙吹到了這麼說的我臉上。

「我討厭直覺敏銳的小鬼喔。」

「真敢說哩。」我輕輕地揮散煙霧。

涼爽秋天的太陽光讓水泥的溫度恰到好處，躺在屋頂上非常舒服。千晶不太滿意地抽著菸（本來身體就不好了，幹嘛還要抽菸啊）。

「你是天生血淡嗎？」

「好像是哩。小時候還沒有自覺，是到了學生時代，症狀才變明顯的。我過的生活不太健康嘛，所以就惡化了。」千晶說。不過說歸說，他看起來根本就沒有在反省。

「捐血被拒絕的時候，我才知道自己的血液很淡。」

「嗯。」

「之前的工作比較辛苦，也反映到身體上，所以我本來想好好休息一年，但是你們校長點名找我啊。」

「你是校長的朋友!?」

「其實我本來打算明年春天再開始上班的。」

「果然是這樣！我就覺得在第二學期換新導師有點奇怪。」

「真是累壞我啦。」千晶笑了笑。

可是他的臉色實在不太好……呃，應該說，很差。

學生大會之後，有些學生對千晶的印象很差。要我來說，他們只是因為千晶做了讓他們不服氣的事而反彈，他們根本就是什麼都沒想過的低等豆腐腦袋。不過這些傢伙們之中，似乎有一部分的人是為了找千晶麻煩而刻意惹是生非的。受不了，真是令人作嘔的幼稚小鬼。不過，這一定也在千晶的掌握之中吧，雖然他從來沒有抱怨過，但是一定也累積了相當的壓力。

這個時候，我看見紅黑色的不明物體在千晶胸口蠢動。

（那是……！）

我看過。那是田代被機車撞傷的時候，我感覺到的「傷害」。那個時候，我接收了田代的傷害，救田代免於危及生病的重症。

（看得見那個的話，就表示……）

我不假思索地把手朝著千晶的胸口伸去。

「喔，幹嘛啊？」

「噓。等一下……」

我閉上眼睛，對著「傷害」集中精神。跟那個時候一樣，紅黑色的黏液中，有白色的光芒在閃爍。

「喂……」

「別說話，安靜一點。」

我用另一隻手覆住千晶的眼睛，然後重新將精神集中在「傷害」上，做好心理準備。結果，「傷害」透過我放在千晶胸前的手，緩緩朝著我的方向移動。

（沒錯……很好！）

從傷害的感覺來看，我判斷自己就算接收下來也沒什麼大礙。我的身體越來越重，漸漸麻痺……

「喂，稻葉！」

千晶撥開了我的雙手。

「呼！」

千晶困惑的臉就在我眼前。

「你怎麼可以在別人身上呼呼叫啦！」

我趕緊把雙手從千晶身上移開：

「不……不是，我絕對沒有別的意思……絕對沒有！」

千晶用不解的眼神看著我。他坐起身，接著露出不可思議的表情說：

「……感覺好像輕鬆多了……？」他把手放在脖子上，扭了扭脖子。

千晶看著我，我有點緊張。受不了，他的眼神彷彿看透了一切。

「你做了什麼，稻葉？」

「什麼都……是穴道按摩啦。」我這麼說的同時，汗水滑過臉龐。

「喔？」

把短短的香菸塞進攜帶式菸灰缸裡後，千晶站了起來。

「你真是個高深莫測的傢伙呢。」千晶一邊笑，一邊酸我，先行爬下了水塔。

「呼！」

我癱坐在原地，身體重得要命，脊椎骨感覺都快散了。不過，我的症狀只要補充能量就可以痊癒。去學生餐廳找點吃的吧。

「非常漂亮，主人。」富爾現身，誇張地敬了一個禮。

「主人的力量救了人……身為僕人的我感到無限光榮！」

「好啦、好啦！」

由於中途被制止的關係，「傷害」沒有完全轉移到我身上來，但是千晶的臉色明顯地變好了。太好了~

「不過我也成長了呢。竟然能看見別人的『傷害』，還靠自己的意識轉移過來。」

我有點自豪。田代那次我算是被強迫，可是這次，我可是靠自己的意識控制哩。然而，富爾卻淡淡地說：

「這只是巧合，並不是對每個人都辦得到的。」

「是嗎？能用在千晶身上只是偶然喔？」

富爾點點頭，補充說明：「會不會是你們的身體很合呢？」

我差點沒腳軟。

「不要用這種奇怪的方式形容啦！我已經很累了耶！」

許久不見的畫家回來了。他像往常一樣，提著旅行當地的酒。

「嗚喔，回游鰹魚生魚片!!」

看見送上來的盤子裡裝的秋季寶物，大家都高聲歡呼。回游鰹魚和春季鰹魚可說是完全不同的魚，油花花的，簡直就跟鮪魚肚一樣，會在口中融化！

「這個香菇炒魚肚也超下酒的！受不了！」畫家似乎也和佐藤先生一樣，因為久違的琉璃子超好吃料理而感動得不得了。

「真的。魚肚脆，香菇又好嚼。」

同樣下飯的深刻味道，竟然是來自鯷魚，上面閃著亮晶晶的橄欖油光澤。秋音和麻里子都因為這道健康料理而喜不自勝。幽靈麻里子竟然還會在乎健康啊。

「血液很淡啊。我的死黨當中也有人這樣，那傢伙也是男的。不過廣泛來說，貧血多半都是女孩子生的病哩。」

「啊，我國中的時候也因為生理期難過得不得了，連站都站不起來呢。」

畫家和麻里子接連喝著當地酒。

「像我就是血壓比較高的類型。」

秋音說完，所有人全都大爆笑。我無法想像秋音因為貧血而癱軟無力的樣子。

「聽說就算輸血也治不好貧血，所以只能配合吃藥治療喔。本人則是好像會習慣自己的症狀，不過聽說嚴重的還會陷入昏睡狀態，還是很可怕呢～」

詩人這麼說完，畫家和麻里子也點點頭。

「是嗎？因為貧血而昏睡？」

「只要因為某種意外而造成腦內血液不足，腦袋就會停止運作喔。畢竟是氧氣不足嘛，這也是理所當然的，接著心臟也會跟著停止。聽說也有人是在昏睡狀態之下直接死掉的喔。」

「那還真是不太妙。」

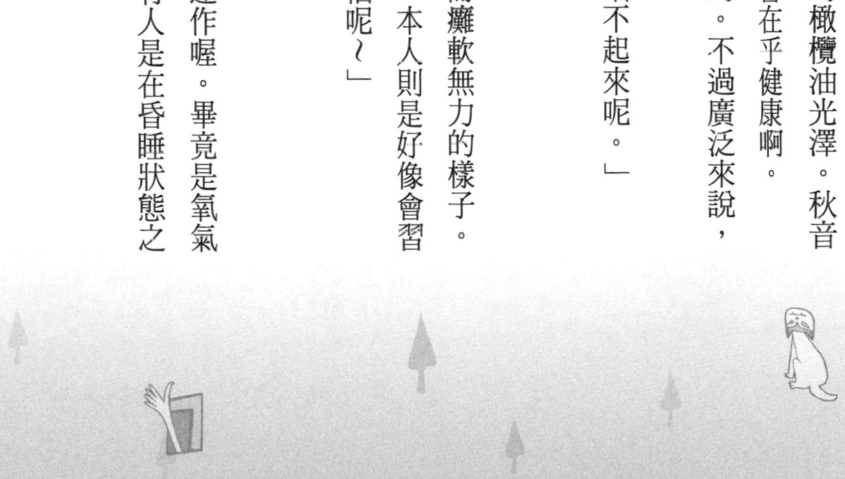

「就是所謂的腦貧血。」

「進行柔道那類的運動時，選手可能會『失去意識』，那就是在氧氣無法送達腦部的時候產生的，換句話說，如果不馬上放鬆、恢復意識，就很危險喔～」

「因為腦是很脆弱的嘛。」一邊吃著第四大碗栗子飯，一邊這麼說的秋音，實在很不適合脆弱這個字。

「話說回來，看來夕士跟那個千晶老師之間，有某種緣分呢～」

「身體的緣分。」

「呀哈哈哈哈哈!!」

大人們笑得東倒西歪。

唉，你們就盡量笑好了，至少比跟青木有緣分來得好吧。

暴風雨前的暴風雨

早晚的空氣冷多了。

早上離開公寓時，我看著染上秋色的庭院美景出了神。金色的朝陽灑滿整個庭院，樹木和花朵也熠熠生輝。口裡吐出來的氣息變白了一些，但也閃著光芒溶進晨光中。連妖怪們也放輕了氣息，枯葉在寧靜的庭院裡落下，只聽得到卡颯、卡颯地聲音，這種感覺起來有點寂寥的氣氛……就是秋天啊。

好了，進入十一月，校慶終於要在十天後揭幕了。

二C主辦的遊戲，是讓客人拿著裝有麵粉的球，丟擲在六公尺長的舞台上橫向移動的鬼。一次三百圓點券（校園內的各個地方都有點券兌換所）可以丟五次麵粉球，丟中三次就可以獲得五百圓點券。二C的學生正在努力製作鬼的舞台、麵粉球和鬼的衣服。

英語會話社的「霍爾」練習非常順利，「艾爾一九六〇」的跳蚤市場也平安落幕，大家正在趕著做報告。

「受不了，完全聽不懂他們在說什麼英文~」負責在跳蚤市場販賣的一年級學生們一邊開心地訴苦，一邊寫著報告。

田代看著他們，悄悄地在我耳邊說：

「小夏在班上也是完全不管校慶的事喔。」

「果然。」

在她心中，一定覺得在比仁明差的条東商，她什麼都不想做吧。

「她也常常請假沒來學校。」

畢竟希望別人認同她的這個期待，撲了一個大空，她當然會感到非常挫折嘛。

「只要不要想不開就好了……」

就在我這麼說的時候，山本又突然出現了。社員們全都僵住不動，山本站在門口環顧大家，她的臉上掛著扭曲的笑容。

社長踏出一步：「怎麼了，山本同學？妳有心來幫忙準備校慶了嗎？」

社長的話並不帶有諷刺之意，感覺起來就像是一個普通的問題。社長，妳真成熟哩。可是……

「好棒喔。」山本說，她的話中帶著明顯的嫌惡意味：「各位真的都像是非常喜歡卡通的孩子，真棒，我就沒辦法跟上各位。這是相當難模仿的喔，都是高中生了，還那麼認真地看卡通，而且還要在眾人面前發表，各位居然都不覺得丟臉，我真是深感欽佩。」

這唐突的人身攻擊，讓社長以外的所有人都驚訝得說不出話來。

「覺得既然是校慶，做什麼都可以的各位也真的很厲害呢，連自尊都沒有。擁有這種想法的人比較輕鬆吧，不過我是敬謝不敏，因為這等於是在說自己是白痴嘛。能轉來条東商，真的讓我覺得很慶幸，像各位這麼了不起的人，在仁明是絕對不會有的。我見識到這麼稀奇的事情，真是增廣見聞了。」

妳還真說得出這種惡劣、雜亂無章的話啊——我突然覺得很好笑。然而，和嘴上說的相反，山本看起來情緒滿溢，好像隨時都會爆發的樣子，感覺就像是已經到了山窮水盡、無力回天的關頭，她還是死要面子，勉強擺出這種惡劣的態度。

山本拿出一個白色信封，是「退社申請書」。山本把它扔在地上。

「承蒙各位照顧了——不過說歸說，各位根本就沒為我做什麼。對我來說，光是能看見這麼稀奇的人，就已經增長見識了。我現在知道，我所學到的就是『我不能變成這個樣子』。各位，請好好努力，盡量不要讓校慶的觀眾笑話喔。」

這段過分至極的說詞，讓大家還陷在驚訝之中——因為他們不知道山本把話說得這麼絕的原因是什麼。山本瞥了我一眼，露出惡意的微笑說：

「稻葉學長，你都已經是升上高中的男生了，還是不要再把媽媽親手做的便當拿出來獻寶比較好喔。難看死了，真是貽笑大方。」

「!!」發火的人是田代。

「田代!!」我還來不及阻止，田代就狠狠地賞了山本一個耳光。

「其他的事情我可以不跟妳計較，就唯獨這個不行!!」

田代對著跌坐在地上的山本高聲大罵：

「我不管妳的家人讓妳有什麼自卑感，但是在不了解別人的情況下，就不要出一張嘴亂講話!!」

「田代，別說了！」

「稻葉的媽媽已經不在了喔！他的爸媽都過世了!!」

我忘不了這個時候山本的表情。她臉上的表情之悲壯，就好像她的存在意義完全被大聲敲碎了一般。我們原本以為山本一定會為自己的惡行惡狀道歉，不過她徹底辜負了我們的期望。

「太過分了……你們一直瞞著我吧。」

「啊？」

「瞞著我……又在背後嘲笑我，對吧？笑我什麼都不知道，還敢說這些蠢話。」

「稻葉家的事情不是拿來到處亂說的吧？」

山本哭喪著臉狂喊：

「你們又懂什麼！你們了解一直孤單一人的心情嗎？不管在家裡，還是在學校，都沒有人願意認同我！沒有人願意跟我做朋友！」

不、不、不，這不是妳自己造成的嗎？大家應該都在內心這麼吐嘈吧。山本自顧自地覺得家人和朋友都忽視自己，把反抗當作自己的存在意義。面對這種傢伙，到底該怎麼做才是呢？

「什麼嘛！爸媽死了就了不起喔！你想說你比我還了不起嗎!?」

「……什麼東西啊？」有人嘀咕。

「我沒有錯，就只有我不可能會錯！錯的都是你們啦！」山本甩亂了厚重的頭髮，開始哇哇大哭。就在我們束手無策，搞不清楚究竟是怎麼回事的時候……

「對不起！」

隨著這句話現身的是青木。

社長和大家全都露出「又出現了！」的表情。

青木完全無視我們的存在，直接走到坐在地上的山本身邊，摸摸她的頭髮，然後又說了一次：

「對不起！」

山本不可思議地看著青木。

「對呀，妳沒有錯，妳什麼錯都沒有。真的很對不起，讓妳受傷了，原諒他們吧。」

山本微微顫抖，接著「哇」一聲撲進青木的胸膛。青木輕輕地撫摸哇哇大哭的山本的頭、後背，就像在安撫小嬰兒一樣。她的模樣讓我看了有點感動，只不過……

「我代表大家向妳道歉，對不起喔。」

青木這句話讓所有人都喊了一聲：「喂!!」——不過，是在心裡。青木似乎完全不在乎我們怎麼想，只看著我們說：

「對吧，各位同學，大家一起跟她道歉，跟她和睦相處嘛。可以吧？」

「……」

沒有人回答「好」。

「那是不可能的，青木老師。」社長斷然說道：「要不要大家手牽手啊？這裡又不是幼稚園。」

這個時候，我第一次看見青木的臉扭曲了。這不是誰的經典台詞，但我當下真的心想：「沒想到青木也會露出這種表情。」

「……是嗎……我只是說實話，看來無法得到各位的諒解呢。」青木苦笑，看來像是在努力擠出笑臉。「好了，站起來吧。老師來聽妳說，什麼都聽妳說。」

青木帶著仍然哭個不停的山本走出社辦。我們僵在原地好一會兒。

「什麼意思……我們已經是壞人了嗎？」又有人小聲說。

「好像連為這件事生氣都變愚蠢了。唉，不過她退社我就輕鬆多了。」

社長嘆了一口長長的氣，打算把被山本扔在地上的退社申請書撿起來。

「啊，社長，我來撿。」田代把退社申請書撿起來，交給社長。

「謝謝。」

「那個女生丟的東西，怎麼能讓社長親自去撿。」田代說完，大家拍手叫好。

雖然不能接受青木的作法，不過山本的問題總算解決了，大家也比較安心。不對，大家的心情應該更接近「我們實在不想再跟她牽扯下去了」吧。

社團活動結束，我和田代朝著校門走去。

「哎，不錯嘛，山本也找到能夠理解她的人了。」

最後，我什麼都沒對山本做。這是代表山本跟青木有緣嗎？

「是嗎？我不覺得那有什麼好的。」田代若有所思地說。

「田代！」有人在後面叫她。學生會會長神谷朝著我們走過來。

「神谷？」

「我問了江上，她還說妳已經走了。太好了，沒讓妳走掉。」

沒錯，英語會話社社長江上和學生會會長神谷是好朋友，所以田代和學生會會長的感情也不錯。

「有什麼事嗎？」

「啊，那我就……」我打算先回去，但是學生會會長攔住我。

「沒關係，你是稻葉同學吧？我要說的是千晶老師的事。」

「喔。」

學生會會長將雙手交抱胸前，說：「我想你們應該也感覺到了，自從學生大會之後，對千晶老師反彈的學生增加了。」

這件事啊。

「神谷，那場討價還價，該不會是串通好的吧？」我一吐嘈，學生會會長便咧嘴一笑：

「真敏感呢～可是你搞錯了。那一天，學生大會開始之前，千晶老師只對我說：『要準備好替代方案喔。』一開始我還不知道是什麼意思，不過看到千晶老師用判若兩人的嚴厲態度摔壞手機……我就覺得『奇怪？』在青木老師插嘴說：『做

得太過火了』那一瞬間，我就明白了。」

能夠發現千晶的戰略已經很厲害了，但是在那麼突然的情況下還能順水推舟，更不是蓋的。這個人果然很聰明。

「真不愧是神谷！」

「厲害的是千晶老師喔。學生大會之前的教職員會議上，出言反對嚴格禁止攜帶手機的就是千晶老師。青木老師呀，只說什麼應該遵從上級的命令！千晶老師說那樣絕對無法解決問題，還請所有老師把事情交給他處理，說服所有老師召開學生大會呢。」

「原來是這樣啊……！」

「結果，青木老師在學生大會上反駁千晶老師，反而讓她的親衛隊大為增加……老愛亂插嘴……那個老師……真的很惹人厭耶。」學生會會長用力皺起眉頭。好恐怖～～

「千晶老師是為了我們才扮黑臉的吧。學生們不知道內幕就算了，可是竟然說翻臉就翻臉，之前明明都還千晶老師、千晶老師的叫哩。那些只看見事情的一面、什麼都不會想、只會隨口亂罵的單純白痴，我是可以裝作沒看到……可是事情就發生在我身邊，我實在無法忍耐!!」

學生會會長神谷是一個美女，跟電影『古墓奇兵❾』的安潔莉娜裘莉一樣擁有性感的豐唇、又大又黑的眼睛，是個非常有女人味的美人胚子。而且，她還非常時髦，烏黑亮麗的長髮上別著色彩繽紛的髮夾，指甲也弄得很漂亮……不過，就跟我們叫社長江上「大哥」一樣，學生會會長也是個很有男子氣概的人。學生會會長用她裝飾得漂漂亮亮的手握起拳頭，頻頻顫抖，說：

「我很想把我們班上那些白痴狠狠揍一頓，但光這麼做還是沒辦法消除我的怒火!!」

「我、我懂！神谷!!」

「所以，我有事情要拜託妳，田代。因為反抗千晶老師的都是一些頭腦簡單的白痴，所以我想只要一個單純的契機，就可以讓他們全部倒戈。」

「要怎麼做？」

「妳去找一些衝擊性的情報，簡單沒關係！只要是表現千晶老師很厲害的情報就行了！」

❾編註：蘿拉卡芙特古墓奇兵，原文片名為Lara Croft Tomb Raider。二〇〇一年美國電影，改編自全球最熱門的電玩遊戲，由安潔莉娜裘莉主演。

田代像在女王面前領命一般跪下單膝。

「請交給我。」

「我很期待喔。找到情報之後，其他事情我會處理的。」

這麼說完，學生會會長神谷便揮袖離去。怎麼這麼帥氣啊～帥得無以言喻！

「真帥～～神谷～～我好崇拜妳喔!!」

目送著她離去的田代眼眶泛紅。

「要崇拜是可以啦，田代。可是那個衝擊性的情報……妳找得到嗎？」我說。

「你覺得我會沒有調查過千晶的事嗎？」

「啥？那……」

田代露出詭異的微笑：「『撒手鐧』是要留在最後關頭使用的喔，稻葉！」

好可怕……

從隔天起，我就經常看見青木和山本並肩走在校園裡。她們看起來就像是驕縱的小型犬和飼主一樣，感覺有點噁心，不過山本的表情明朗多了，我想那也好。

「山本只能接受青木那種作法吧。如果不是青木，山本就不會得救。」

什麼都原諒，什麼都接納。我覺得青木的作法也有可取之處。

除了山本之外，青木還有很多親衛隊，其中還有五、六個信徒是一天到晚跟在青木屁股後面的。那些傢伙走路的樣子，就像是一群死板無趣的尼姑。她們全都是認真又不顯眼的學生，而且好像只是認真而已，她們對自己並沒有自信，全抱著嚴重的不滿和不安，所以會依賴青木也是無可厚非。

校慶前一天。

各班、各個社團都在為校慶的準備做最後衝刺，一連好幾天，學校都延長開放時間，到很晚才熄燈。

在天色完全暗下來的七點左右，由於社團活動這邊剛好是休息時間，我便去學生餐廳的自動販賣機買果汁。禮堂、社辦、校舍的部分教室都燈火通明，氣氛熱絡。不過，晚上的校園裡還是有很多一個人影也沒有的黑暗地方。

在這些地方之中，我會在那個時間跟那個傢伙擦肩而過，應該是命運使然吧。

我在毫無人煙的走廊轉角跟一名女學生擦肩而過。什麼怪事都沒發生，以現在這個時期來說，一個女學生走在走廊上也沒什麼好奇怪的。可是那個時候，我卻感到心亂如麻。這跟田代碰上機車事故前夕，還有我被三浦襲擊前的感覺一模一樣。

所以有一瞬間，我還以為是不是田代又碰到什麼不好的事了。

我回過頭，女學生還走在走廊上。看見她的身影之後，我心裡的不安更嚴重了。

「糟糕了、糟糕了……！可是，是什麼事情糟糕了呢？」

我手足無措，只是一直呆站在原地。結果，那名女學生走進了走廊那頭的某間房間。

知道那間房間是什麼地方之後，我不禁倒抽了一口氣——那是「訓育室」。

「千晶……！」

最近，千晶老是待在訓育室裡面——因為惹事的學生增加了。我邁步衝刺，同時，我看見剛才那名女學生從房間裡跑了出來。我朝房間裡一看，果然看到了千晶。他坐在椅子上，壓著左手臂，鮮血從他的左手臂流了出來，滴滴答答地落在地板上。

「那個尼姑！」

我跑去追那名逃走的女學生。對著快要在黑暗的走廊另一頭消失身影的女生，我打開「小希」，翻到「XVIII」——「月亮」那一頁。

「薩克！」

啪哩！青色的閃電瞄準了那個女生，劃過黑暗。

「薩克！守護月宮的毒蠍子！」富爾在我胸前的口袋大喊。

女生在轉角的地方癱倒在地。

「被薩克附身者，將會麻痺無法動彈。」

女生的右手握著美工刀。她帶著驚訝、困惑的表情抬頭看著我。

「我記得妳喔。妳就是那個在學生大會上囂張兮兮的傢伙嘛。這是青木的命令嗎？」

女生瞪大眼睛。

「春香大人怎麼可能這麼說！」

「春香……大人!?」

「春香大人總是關心著我們、為我們著想，可是那個人對春香大人口出惡言，還不肯道歉！不可原諒！這是理所當然的報應！是天譴!!」

我的寒毛全都豎起來了。搞什麼，怎麼會陷得這麼深啊!?她有沒有想過，要是她在學校弄傷老師的事情公諸於世，那位「春香大人」會受到什麼樣的影響?難道是中了青木的毒太深，導致她連這種事情都想不到!?還是對自己沒自信到想要成為青木的一部分啊!?

「這就先交給我保管了。」我從女生手上拿走美工刀，用手帕包起來。

血滲了出來。我說：

「妳的指紋跟千晶的血都沾在上面了，這就是不動如山的鐵證。」

「什麼意思，你打算交給警察嗎？」

「我要在教職員會議上、在所有老師面前交給青木。這麼一來，其他老師對青木的印象會有多差，應該不難想像吧？」

女生愕然。

「不行！就這個不行……春香大人什麼都不知道，跟那位大人沒關係！」

「不准再接近千晶！妳只要乖乖地黏著青木就行了。」

我背向女生，把薩克叫回「小希」裡。一看見青色的閃電，女生便發出慘叫聲，飛也似的逃走了。

「真是的。」

「主人，千晶大人不好了！」富爾發難。

「咦？」

我趕回訓育室的時候，千晶已經倒在地板上了。

「千晶!?」

千晶的臉色慘白，一點兒意識都沒有。

「出血過多？不，應該不可能……」

不安開始膨脹。

「慘了！」

「就是所謂的腦貧血。」

「也有人是在昏睡狀態之下直接死掉的喔。」

我不知道肇因是不是因為被刺，但是千晶出現了急性貧血的症狀。我可以感受到他的意識越沉越深。

「來人……叫救護車……」

我急得不得了。富爾在我胸口冷靜地說：

「應該來不及。」

傷害越來越大，讓我幾乎看不見千晶的身體。我沒辦法接收這麼大、這麼沉重的傷害。

「冷靜！集中精神！集中在龍先生給我的第三隻眼上……」

這一瞬間，我靈光一閃，「甘露！只要有那個靈藥……!!」

我翻開「小希」的「I」——「魔術師」那一頁。

「萬能精靈，金!!」

在緩緩冒出來的煙霧之中，肌肉健美的阿拉伯大叔出現了。

「請吩咐，主人。」

「現在立刻把放在我房間桌上的甘露……那個藥瓶拿來這裡!!」

這個萬能精靈只是徒有其名，可是希望我能比光是變出區區五百圓就讓他用盡力氣的那個時候更有力量，拜託……拜託，希望我的力量足以讓他實現這個願望！

「遵命！」

金挺起胸膛，煙霧也跟著膨脹。

接著，他咻～的回到「小希」去了。

「……不行嗎？」

砰！

甘露的藥瓶滾落在地上。

「太好了！」

我把藥瓶倒過來，在千晶的嘴邊猛搖。

裡面只剩下唯一的一滴！但這唯一的一滴，應該就可以解決這個緊急狀況了。

「對吧!?蘇摩的巫女大人!!」

「滴答。」一滴甘露落在千晶嘴唇上，然後立刻就被吸進嘴裡了。

「……」

我和藤之醫生他們在舔指尖的靈藥時，什麼感覺都沒有。然而，就在我感覺到一陣風吹過來時，覆在千晶身上的傷害彷彿彈起來似的，在一瞬間碎裂四散了。

「好、好厲害……！」

果然是真貨！真正的魔法靈藥!!

「做得非常好，主人！我深感佩服！」富爾深深地一鞠躬，差點沒撞到額頭。

「趕上了……！」

我全身上下的力氣都被抽走了。傷害消除之後，千晶的臉色迅速好轉。

「千晶……」我輕聲喊他。

「唔……」

「千晶。」

他慢慢地睜開眼睛。

「……稻葉？」

「你還好嗎？」

「……怎麼了？發生什麼事了？」

我扶著千晶站起來。看到自己的手臂上和滴在地板上的血跡之後，千晶露出驚訝的神色。

「這血是怎麼回事？是我的嗎？」

他的記憶消失了。果然，大腦真的在一瞬間停止運作了。真是千鈞一髮～千晶看看自己的手臂，不過因為靈藥連刺傷都治癒了，所以只留下一條淡淡的血痕。

「是鼻血啦，老師。你流鼻血引發貧血了。」

我隨口敷衍，結果千晶瞪了我一眼，說：

「貧血症的人不會流鼻血。」

啊，好討厭的眼神，感覺好像會讓我把事情全招出來……我吞了一口口水。

「噗！」千晶輕聲笑笑，並重新在椅子上坐好，拿出香菸，「大概是累積太多疲勞了啊。」

「對啊。你別太勉強自己了……現在雖然很忙，但是校慶的這三天，你就好好休息吧，怎麼樣？」

我說完之後，千晶露出了複雜的表情。不知該說是苦笑嗎？他莫可奈何地搖搖頭，重重地吐了一口氣。

「那可不行……」

「？」

又發生什麼問題了嗎？

我真不希望千晶的疲勞繼續增加，他搞不好還會再昏倒哩。

「有了！」

我把甘露的瓶子倒過來，在手掌上猛敲。手掌上的靈藥不到一滴，不過還是有些微的濕氣。我對千晶伸出手。

「快舔！」

千晶完全呆掉了，好不容易從嘴裡擠出幾個字：「……叫我舔？你這傢伙……」

「別囉唆了，快點舔！會乾掉啦！」

「……」

千晶老大不情願地抓住我的手。

那個時候我才想到——我應該把靈藥倒在千晶的手上才對吧？

這樣簡直就像……

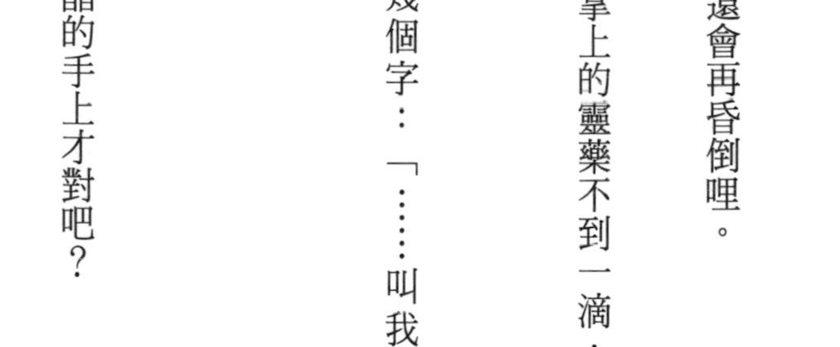

喀嚓！

就在千晶的嘴巴碰上我的手掌那一瞬間，拿著手機的田代就站在門口。

「田……」

「耶～♪」她帶著滿臉微笑，如脫兔般逃走了。

「等一下！」

我在黑暗的走廊上追著田代。

「妳剛才照了什麼！給我看!!」

「手機解禁，萬歲!!」

暴風雨來襲

為期三天的条東商校慶開始了。各班、各社團開始攤位販賣、遊戲、發表報告，禮堂則在進行戲劇社、音樂社團的發表會。

我在英語會話社負責接待客人、準備配音道具，在班上則和其他男同學交互扮鬼。一邊抓準時機讓客人的麵粉球打中自己、不要打中自己，一邊在舞台上橫走，是需要相當高超的技術。我還偷空去看看其他的模擬商店，或是去禮堂看發表會，玩得很開心。天氣很好，住在附近的人們和其他學校的學生等外來客也很多。為了拉攏這些客人，各攤位負責叫賣的學生和呼朋引伴的人潮也把氣氛炒得很熱。

有很多客人來觀賞英語會話社的「霍爾」英文版配音。聽見霍爾說英文，客人們都感到很佩服。田代也表現得很好，我幾乎要為她生動的演技鼓掌了。不知道為什麼，這三天來，她的心情好得不得了。

「對了，田代，之前學生會會長說的事……怎麼樣了？」我一問完，田代便露出開心又幸福的表情：

「完、美、成、功～♪～呵呵呵……呵呵呵呵！呵呵呵呵呵呵呵呵!!」

這是……她一定在想什麼不正經的事！我感覺到一絲……不只一絲的不安。

「啊。」

我看到千晶在走廊的另一頭，於是便跑了過去。

「千晶！」

「喔，我剛才去看過二C了，看起來好像賺了不少錢呢。」

「你身體還好嗎？」

「嗯。不知道怎麼搞的，我昨天晚上睡得很好喔。」千晶搔搔我的頭。

「別這樣啦。」

「呵呵。」千晶露出彷彿什麼都知道的眼神，笑了一笑。

「千晶老師。」

學生會會長神谷和田代笑咪咪地並排站著。千晶的表情僵硬，學生會會長優雅地招招手，千晶便搔著後腦勺，非常不甘願地走到兩個人身邊。接下來，他們三個人湊在一起說了一些話，學生會會長和田代似乎非常高興，千晶卻很不爽。

「某件事情正在進行中……對吧？」

「好像有暴風雨要來了呢。」富爾在胸前的口袋裡打趣地說道。

校慶第二天是星期日，所以外來客更多了，還有很多人是攜家帶眷來參觀，會場熱鬧而溫馨。如果日期沒有衝突的話，長谷原本也可以來的（長谷的學校今天也校慶）。

然後是最後一天。
各班、各個社團的活動在第二天就結束了，這一天，全校學生要在禮堂集合，觀賞特別來賓的現場表演。今年的表演是落語⑩（去年是魔術表演）。最近，落語似乎很受歡迎，三名年輕落語家的表演都十分有趣。接著，是最受歡迎活動的頒獎儀式。校園裡的四處都設有投票箱，讓學生和客人選出兩天來最喜歡的活動，票數排名前十的班級和社團都會有獎品（零食或文具）。

「稻葉，來一下！」
我被田代拉到舞台後面去，櫻庭和垣內也在。舞台後面有五彩繽紛的紙彩帶和……那是蜘蛛絲嗎？有大量的超細彩帶放在那裡。
「頒獎儀式結束之後，你幫我把這些東西發給會場裡的人。」
「為什麼？特別來賓的演出已經結束了吧？」
「有學生會主辦的特別節目啊。不過，這是秘密游擊表演，所以人手不足。」
「什麼!?」
得獎的活動公布了，會場裡歡聲四起。我拿著一整籠的紙彩帶，在禮堂的角落靜候。

「秘密游擊表演是什麼啊？」

今年最受歡迎的活動，果然還是由「動漫研究社」出品。

校長的致辭之後，依照往年的慣例，校慶應該就要結束了。然而，會場裡突然響起學生會會長神谷的廣播。

「各位，校慶辛苦了。我是學生會會長神谷。」

我們開始拚命發紙彩帶。

「今年，条東商的校慶也在熱鬧非凡的情況下順利結束，不過在那之前，我想為各位送上學生會主辦的特別演出。」

一個口哨聲之後，歡呼和掌聲響起。啪！燈光暗了下來。突如其來的驚喜讓全場氣氛高漲。

「這次的特別演出，是由我——神谷拚命拜託、強求而來的。我真的非常感謝，謝謝你！千晶老師!!」

啪!!聚光燈打亮的同時，節奏強勁的音樂也開始了。全場一片譁然~~

舞台上有一名穿著牛仔褲、牛仔外套和馬靴的男子，開始高唱拉丁王子瑞奇馬

⑩編註：日本傳統文化中單口相聲的一種。

汀的〈瘋狂人生⑪〉（就是被鄉廣美⑫唱紅的〈Goldfinger '99〉那首名曲的原版），而且還是唱西班牙文版！懾人的歡呼聲像海嘯一般在會場裡翻騰。

「千……千晶!?」在舞台旁邊的我大吃一驚。

「天啊！千晶，超帥!!」田代她們跳了起來。

一開始沒發現男子就是千晶，是因為他把平常總是全往後梳的劉海放了下來。可是，他一邊厭煩地撥開劉海，一邊演唱時的歌聲！全身跟著節奏搖擺的模樣！抓著麥克風的姿勢！

「真棒……不是蓋的!!」

不管只知道他是千晶或不知道他是千晶的傢伙，全都在會場鼓動。歌曲結束時，彩帶立刻飛了出來。

接著，第二首歌開始了。這次是曲風截然不同的抒情歌。

「這是……！」

電影『新娘百分百⑬』的電影插曲——皇帝艾維斯⑭所演唱的〈She〉。會場瞬間靜了下來。「喂、喂、喂……」

真的是千晶在唱歌嗎？連原唱皇帝艾維斯都要敬退三分的狂野、性感的聲音——甜甜的低音和超有磁性的沙啞唱腔。

「唱到稍微高音的地方，千晶就唱出絕妙的沙啞音，我愛死了！」

田代陶醉地說。

「妳喔……這個……妳說的撒手鐧就是這個嗎，田代!?」

「很驚訝吧？」

嗚呵呵～♪～笑著的田代，我打從心底覺得恐怖～究竟是從什麼地方找到這條情報的啊!!

優美的弦樂間奏響起。然後，千晶開始緩緩地脫掉牛仔外套，女生發出尖叫。牛仔外套下面是一件黑色背心，不過前襟有一條斜斜的大裂口，可以隱隱約約地看見他的胸膛。

「這是我設計的喔，很棒吧!?其實牛仔外套下面應該要赤裸裸的比較好～」

「神谷妳……」

尖叫聲、歡呼聲和口哨聲此起彼落，為數眾多的閃光燈閃個不停。因為在校慶

⓫編註：原歌名Livin' La Vida Loca，是瑞奇馬汀唱紅的拉丁舞曲之一。在世界各地被翻唱成許多版本。

⓬編註：一九七二年出道的傑尼斯偶像，進入八〇年後爆紅，在長青偶像雜誌的最佳偶像票選中連續九年奪冠，還曾演出好萊塢電影。

⓭編註：原文片名Notting Hill，一九九九年美國電影，由茱莉亞羅勃茲、休葛蘭、亞歷鮑德溫主演。

⓮譯註：Elvis Costello，英國老牌歌手兼作曲家。

期間，大家都把相機帶來了嘛。田代也老謀深算地拿著單眼相機猛拍。

「這是我在三天前買的，就是為了今天。嘿嘿～～♪」

等到千晶開始唱歌，尖叫聲和閃光燈便停止了。〈She〉是需要感性演唱的抒情歌，千晶也漂亮地唱完了。除了唱歌功力之外，我也對他用全身去表現歌曲的「表演」刮目相看……這個人真的是會計老師嗎？

「超、超成熟……！」我起了雞皮疙瘩，下巴也快掉下來了。

第三首歌開始了。和第一首一樣是〈瘋狂人生〉，不過這次變成了日文版——就是鄉廣美唱的版本。換言之……

「A—Chi—A—Chi——」

全員大合唱，舞台和會場已經完全融為一體了。事實證明，千晶的表演具有在一瞬間迷倒觀眾的力量。只有三首歌的迷你游擊演出結束了。在超大的尖叫聲、歡呼聲、掌聲和閃光燈之中，紙彩帶猶如豪雨一般撒在舞台和會場，而「安可！安可！」的喊聲更如怒濤般撼動禮堂。

吵鬧三女組和學生會會長神谷一同迎接躲進舞台旁邊的千晶。

「千晶，你超棒的！真的是棒到不行!!」

「很完美喔，千晶老師～♪」

面對笑容滿面的學生會會長，千晶露出吃了黃連似的苦樣，說：

「下不為例啊，學生會會長！」

「去唱安可曲啦，千晶！」

「饒了我吧！」千晶撥開纏著他的田代她們，走進了休息室。

原來千晶說的「沒辦法休息」，就是指這件事啊。在校慶前一天，這件事情就已經講好了——不過，我總覺得千晶非常不情願。

「妳們是怎麼說服他的啊，神谷？」

「下跪啊！」

「啥!?」

校慶首日的前一天，田代拿了千晶在舞台上唱歌的照片給千晶看。他看到的時候，嚇得差點沒把喝到嘴裡的咖啡噴出來。

「妳、妳是在哪裡找到這個……!?」

「請你在校慶最後一天上台演唱，千晶老師！」

千晶猛搖頭：「饒了我吧~這已經是六年前的事了耶。」

「拜託你！請你一定要上台演唱!!」

學生會會長神谷就是在這個時候下跪的，千晶也亂了方寸。

「呃～喂～學生會會長，妳做得太過火了啦。」

「不，在您答應之前，我會一直跪著！」

學生會會長……真是太有男子氣概了。

「女學生對我下跪，我實在沒辦法拒絕啊。」

我的眼前浮現千晶煩惱的模樣。

「千晶老師……的弱點竟然是『強迫』呢，真意外～♪」

學生會會長的微笑讓我背脊發涼。

在安可聲不斷的會場中，學生會會長的廣播響起。

「各位同學，很遺憾，沒有安可曲。請再給千晶老師掌聲。」

口哨聲、掌聲和喊著千晶的聲音轟隆作響。

「校慶就在此結束。辛苦了，謝謝各位！」

蓋著窗戶的黑色窗簾拉開，禮堂的大門開啟，學生們走到外面之後，會場裡的熱氣還是絲毫不減。大量的學生還留在禮堂裡，捨不得離開。

「呼～今年的校慶是最棒的校慶了！」田代她們的興奮情緒還無法平息。

「喂，田代！」

一名三年級男生單手拿著數位攝影機走了過來，田代朝著他跑去。

「照到了嗎!?」

「當然～♪」

「耶，謝謝!!」

「妳還錄影喔，小田！」

「轉錄給我！轉錄給我！」

「ＯＫ！ＯＫ！」

真是準備周到得令人歎為觀止。田代驕傲地秀出那台最新型的數位攝影機。

「這是我在三天前買的——為了今天。嘿嘿～♪」

「妳投資了多少錢在裝備上啊？」

「會長！」千晶從休息室裡走出來。

「是，什麼事？」

「妳有沒有看到我的衣服？」

「哎呀，真糟糕。我找到之後會交給您的，現在就請您先穿這套衣服吧～♪」

「……」

「老師。」

我拍了千晶的後背一下。千晶無力地笑笑，只說：「拜託快一點。」便走下舞台。他馬上就被學生們包圍，跟學生們擠成一團了。

「老師，照相！讓我照相！照相!!」

「不要推啦！」

「天啊！千晶老師！」

「看這裡！」

「老師超帥的!!」

男男女女都爭先恐後地用數位相機和手機拍照。

「我知道了，我知道了！你們冷靜一點！」

站在舞台上看著這場騷動的我，嘆了一口氣。

「原來如此。確實是會讓人覺得不情願……」

千晶應該知道事情會演變成這樣吧。他知道站在舞台上的自己會發出多麼強烈的能量。

「這可是正中學生會會長下懷哩。」

這麼一來，大家對千晶的態度又會改變了。田代的情報收集能力和學生會會長的行動力、執行力——我們學校的女生真不是蓋的。

「不、不、不，救了千晶大人一命的主人，也很了不起喔。」富爾在胸前的口袋裡說。

「這麼說來，好像是有這麼一回事哩。」

我莫名地覺得很好笑。

如同超級強颱的暴風雨襲擊下，第二學期的大型活動全都劃下句點。

「喔。」

「唷。」

千晶橫躺在水塔旁邊，我們一起沐浴在舒適溫暖的春陽下。千晶津津有味地抽著的香菸，煙霧筆直地朝著天空升去。

「身體怎麼樣？」

「還過得去。」

一如學生會會長神谷的計畫，看見衝擊性的（可能太過強烈了）千晶之後，頭腦簡單的傢伙們立刻逆轉為千晶的歌迷，沒有變成歌迷的傢伙，也像是被抽掉體內的毒氣一般，完全不再做出反抗千晶的行為了。

相反的，千晶每天都會收到一大堆歌迷來信和禮物，在上課時也毫不避諱地投注在千晶身上的熱烈視線，讓他覺得有點厭煩。看來這帖藥太強了呢。

「你的歌聲很屌耶。為什麼不去當歌手？」

「為什麼？真是個蠢問題啊，稻葉。你覺得當歌手很好嗎？」

「啊？嗯～」

「在卡拉ＯＫ唱歌更開心喔～」

「是嗎？」

千晶輕聲笑了，接著說：「說真的……到底是從哪裡挖出那麼古早的事啊。」

「提供情報的人是田代，那個傢伙的情報網很恐怖喔～」

「真的很恐怖。」

「你說是六年前吧？」

「那是我在『潮路』教資料處理的時候。當時也一樣，我唱歌之後，就引起一大堆麻煩。一大票人寫信、電子郵件給我說什麼『我喜歡你』、『請跟我交往』的。」

「很好啊，那麼受歡迎。」

「哪裡好？『潮路』是男校耶！」

「……」

啊～～天空真藍呢！

完全迷上青木的山本在退出英語會話社之後，加入了青木親衛隊成立的「聖經詩篇愛好社」（僅是詩篇愛好社，不從事任何宗教活動——因為學校禁止）。在走廊上碰到的時候，她也能對我們微笑示意了。

這樣子也好，反正對山本來說，她也得到心靈的平安了。可是我總覺得她的微笑看起來很假，是我想太多了嗎？我想起田代說的那句話。

「我不覺得那有什麼好的？」

同時也想起用美工刀刺傷千晶的女生。

不管對方是什麼樣的人，青木都會接納，不過希望她們不要讓青木淹沒她們的自我才好。

至於這個青木，自從社長江上那番話之後，她只成為「詩篇愛好社」的指導老師，不僅沒有再來過英語會話社，連看到我、田代和千晶，都「視若無睹」。看來那個青木也有另外一面呢。

「唉～總覺得有點失望耶。」田代聳聳肩。

「到頭來，那個青木老師也是普通人。她終究不是聖女呢～不依順自己的人，她就視若無睹。」

「幸虧她終究不是聖女。有像人類的部分還比較讓人安心哩，對吧，稻葉。」

這麼說完之後，千晶笑了笑。

「……嗯。」我笑著回答。千晶搔亂了我的頭髮。

「別這樣啦～」

喀嚓！

「妳也不用什麼都照吧，田代！」

就這樣，兩大名教師的時代降臨在条東商。千晶和青木，兩個人靠著完全不同的魅力，獲得廣大的學生支持。

波濤洶湧的第二學期（我記得第一學期好像也波濤洶湧……）的期末考也來臨了，今年即將結束。新年一到，就是畢業旅行了！

下起初雪的除夕夜。

妖怪公寓的大家忙著準備過年，長谷也在其中。這次，過年用的年糕是由我和長谷來搗。

「我還是第一次搗年糕耶！」

我讓興奮的長谷用杵。堆積如山的年糕、以年菜為首的各式料理，以及門松⑮等迎春的準備都完成了。而當天晚上，就在大家愉快地用著大鍋子川燙時……

「有沒有壞孩子呀～～」

十幾個生剝鬼⑯一邊這麼大喊，一邊陸陸續續地來了。這不是人扮的！他們是真的！真的生剝鬼!!「來了、來了！」

⑮譯註：豎在門前的擺飾。據說松樹等常綠樹上會有神來棲息，因此用松、竹、梅等做成。

⑯譯註：日本東北秋田縣西端的男鹿半島上的一種民俗活動，幾個年輕人會在除夕夜戴著大大的鬼面具，披著簑衣，拿著木刀挨家挨戶拜訪，替男鹿的居民除厄祈福。

公寓的大家都非常興奮。

「好恐怖!!」

戴著巨大鬼面具的生剝鬼圍著抱在一起的我和長谷，戳著我們的頭和身體。不過，我和長谷還是開心地哈哈大笑（長谷又高興地說：「好像『神隱少女⑰』喔。」）

鬼和人類擠在一起喝酒、吃火鍋（所以才要用大鍋子）。鬼豪爽地喝酒、吃東西，人類也不輸給他們。大家都邊喝邊笑、邊笑邊吃。一年來發生的煩心事、壞事全都如夢似幻，我已經一點兒也不在乎了。

「消災除厄喔，稻葉。」長谷說。

喔，對了，還有這層意義。嗯，重新整理心情吧！希望所有的煩心事都不要累積下來。

生剝鬼除了一整年的厄運之後便離去，新年也來臨了。

「新年快樂!!今年也請各位多多指教!!」

當琉璃子特製的年菜一送上桌，宴會就在瞬間切換成新年模式了。

我覺得心情脫胎換骨。

為了不讓壞事累積，我要回到原點。而且，還要繼續收集好事。

白雪在妖怪公寓外飄落（還有很多除了雪以外的東西）。

溫暖的房間、好吃的料理、聚在身旁的朋友和夥伴——我不用再多說什麼了。

「今年也要好好享受人生!!」

「好!!」

高二的最後一場活動——畢業旅行——就要來臨了。

⑰編註：原片名為千と千尋の神隠し，二〇〇一年發行的宮崎駿動畫電影。在世界各地發行後紛紛獲獎，在日本國內創下史上最高的票房紀錄。內容說的是一個十歲小女孩誤入了神的領域，展開一連串的奇幻冒險。

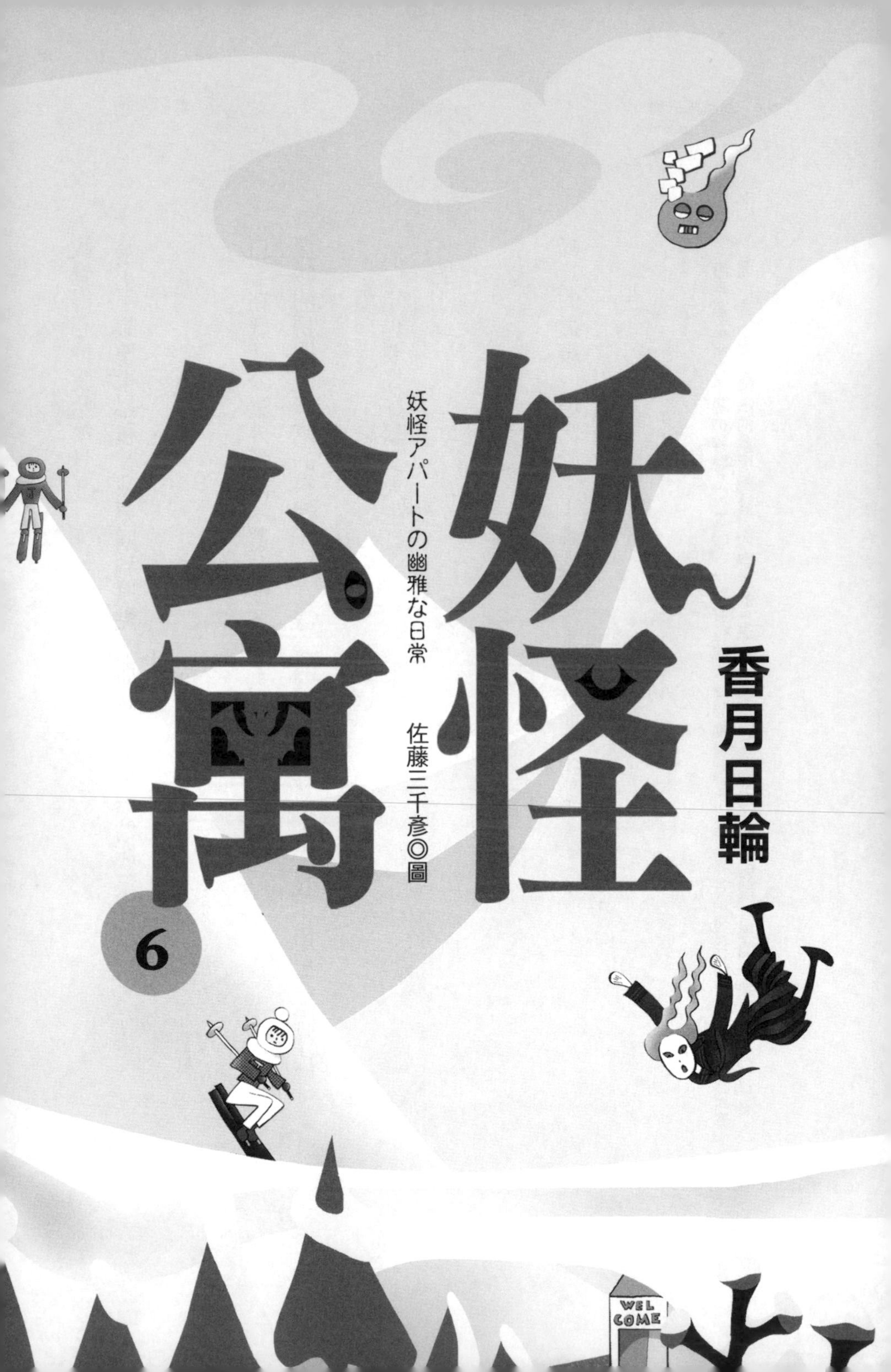
妖怪公寓
6
妖怪アパートの幽雅な日常
香月日輪
佐藤三千彦◎圖
WEL COME

期待已久的畢業旅行終於來臨啦～
但沒想到竟在飯店裡撞到鬼……!?

夕士要去畢業旅行囉！畢業旅行投宿的地方是一間冰天雪地的偏遠飯店，雖然設備不錯，但就是歷史有點悠久，感覺還有點陰森……

果然，幾個敏感的學生說看到了「那個」!!不僅如此，屋簷上的積雪還突然崩落砸傷了千晶老師，還有突如其來的跳電等等……簡直就是怪事連連。第三天晚上，千晶老師來巡房，一走進夕士的房間就開始恍神，身子一軟竟整個人癱在夕士身上，口裡還吐出白霧，這到底是什麼狀況啊！？房裡的溫度瞬間急速下降，伴隨著不知從何而來的幽幽細語「去死……」，隨即一位穿著超復古水手服的女生突然現身了！……

這下麻煩可大了!!看來只有手握魔法書「小希」的夕士，能終止這場大劫難……

國家圖書館出版品預行編目資料

妖怪公寓 / 香月日輪 著；紅色譯.-- 初版.
-- 臺北市：皇冠, 2008.07- 冊；公分.
--(皇冠叢書；第3749種)(YA！；001-)
譯自：妖怪幽雅日常 --
ISBN 978-957-33-2437-9（第1冊；平裝）--
ISBN 978-957-33-2467-6（第2冊；平裝）--
ISBN 978-957-33-2504-8（第3冊；平裝）--
ISBN 978-957-33-2540-6（第4冊；平裝）--
ISBN 978-957-33-2573-4（第5冊；平裝）

861.57　　　97010455

皇冠叢書第3892種
YA！024

妖怪公寓⑤

妖怪アパートの幽雅日常 5

作　　者—香月日輪
插　　畫—佐藤三千彥
譯　　者—紅色
發 行 人—平雲
出版發行—皇冠文化出版有限公司
台北市敦化北路120巷50號
電話◎02-27168888
郵撥帳號◎15261516號
皇冠出版社(香港)有限公司
香港灣仔駱克道93-107號利臨大廈1樓
電話◎2529-1778　傳真◎2527-0904
出版統籌—盧春旭
責任編輯—周丹蘋
版權負責—莊靜君
外文編輯—蔡君平
美術設計—許惠芳
行銷企劃—周慧真
印　　務—陳碧瑩
校　　對—劉素芬・鮑秀珍・周丹蘋
著作完成日期—2006年
初版一刷日期—2009年9月

法律顧問—王惠光律師

讀者服務傳真專線◎02-27150507
電腦編號◎515024
ISBN◎978-957-33-2573-4
Printed in Taiwan
本書定價◎新台幣180元/港幣60元